W0326142

Rizzoli

Lo Stato Sociale

Il movimento è fermo

Rizzoli

Proprietà letteraria riservata
© 2016 *Rizzoli Libri S.p.A. / Rizzoli*

ISBN 978-88-17-08885-5

Prima edizione: giugno 2016
Seconda edizione: giugno 2016

Il movimento è fermo

A chi sa amare e ogni giorno crea possibilità:
percorrendo nuove strade, occupando spazi, liberando idee.

PRIMA PARTE

I

Premessa

A malincuore devo comunicarvi che i protagonisti di questa storia, alla fine della stessa, moriranno.

Non ho ulteriori informazioni al momento, potrebbe trattarsi di una morte drammatica e straziante: un crescendo di pathos sviluppato sul racconto delle persone che gli hanno voluto bene e sull'empatia che scaturisce dall'immedesimazione eccetera, eccetera. Oppure potrebbe essere una morte cruda e distaccata: la solitudine degli uomini soli e nessuno che ci capisce mai come noi capiamo noi stessi eccetera, eccetera. Oppure un sacrificio necessario per il bene dell'umanità come Bruce Willis in *Armageddon* o il povero Charlie in quella puntata di *Lost* o Giulio Andreotti nella sua autobiografia eccetera, eccetera. Potrebbe essere una morte desiderata da tutti, perché, forse, i protagonisti sono in realtà dei gran cattivoni che stanno sulle palle a chiunque e hanno progettato un virus che si diffonde con le onde delle connessioni wi-fi eccetera, eccetera. Per quanto ne so, potrebbero morire in un'esplosione atomica o scivolando in acqua dal bordo di una piscina mentre soffiano via foglie con quei phon giganti. Oppure mangiando il nocciolo di un'oliva

"Bella di Cerignola", rompendosi la testa contro il lavandino del bagno, o per colpa di qualche malattia, una guerra, suicidio, annegamento, esplodere nello spazio eccetera, eccetera.

So di certo che non ci saranno viaggi nel tempo, teletrasporti, alieni e altre dimensioni ma davvero non so dirvi come moriranno i nostri protagonisti. Purtroppo sono al corrente solo del fatto che succederà. I percorsi, le avventure, le scelte, gli amori e le disgrazie sono tutto quello che, in questo momento, posso offrire.

2

L'incoscienza di Zeno

Avete mai letto *Soffocare* di Palahniuk? Avete presente come inizia?

"Se stai per metterti a leggere, evita."

Ecco, io l'ho preso alla lettera e non sono mai andato oltre la prima pagina.

Dite che ho fatto male?

Chissà, forse sarebbe stata una lettura che mi avrebbe cambiato la vita. Però penso che si debba instaurare fin da subito un rapporto di fiducia con l'autore, e io, quella volta, mi sono fidato.

Poi ho imparato a convivere con la possibilità che le scelte che faccio non siano le scelte giuste. Quello che mi sembra adatto adesso potrebbe poi trasformarsi in una cazzata colossale. Chi lo sa.

Chi lo sa se l'impiegato di banca, da piccolo, pensava che da grande sarebbe diventato un impiegato di banca, oppure se quel compagno di classe che aveva grande successo con le ragazzine sapeva che da grande sarebbe stato l'addetto vendita, ovvero il commesso, nel grande negozio di articoli sportivi della grande multinazionale, della grande distribuzione.

Di certo nessuno può averne la certezza, ma sognare non costa niente e io ci credo poco che qualcuno abbia mai sognato di fare l'impiegato in un call-center. Con tutto il rispetto per gli impiegati dei call-center.

Se poi una volta tentato un lavoro a caso, così per provare, ti accorgi di odiarlo come e più di quanto odiavi la scuola a 17 anni, be', allora è il momento in cui chiedersi se non sei tu quello un po' fuori posto. Disadatto. Salvo poi ricordarti di avere un'inestimabile passione per le parole e più in generale per le storie che le parole raccontano.

Si chiama "incoscienza", perché bisogna essere incoscienti per fare una cosa del genere, prendere gli insegnamenti e l'educazione di una vita e metterli da parte per fare qualcosa di completamente nuovo, non solo per te, ma per tutto il tuo albero genealogico. Una laurea umanistica e un bel blog su cui vomitare tutte le tue idee del cazzo. E che si fottano l'ordine dei giornalisti e tutti i mestieranti della parola plasmata sul pubblico che poi viene plasmato sulla parola e così all'infinito.

Ora, mio padre fa l'artigiano e dice cose tipo questa: «Se scrivere fosse un lavoro dovrebbero pagare tua madre anche quando scrive la lista della spesa».

Simpatico, no? Be', lui non lo sa, pensa di aver fatto una battuta divertente, ma in realtà ha ragione. A mia mamma piace fare la lista della spesa, la fa senza che nessuno la paghi per farlo. Secondo me tutti dovrebbero fare quello che gli piace fare, rendersi utili a prescindere e venire pagati a prescindere, tanto quanto basta per essere felici. Vedete, mio babbo è un grande sociologo e non lo sa, così come io potrei essere un grande giornalista o un grande scrittore, ma finché non ci provo non lo saprò mai.

Penso non ci sia un'età in cui essere incoscienti. Certo, è una caratteristica dei giovani e qualcuno potrebbe pensare che si smette di essere giovani quando si smette di essere incoscienti o quando, all'improvviso, si diventa saggi. Ma io vorrei mantenere un po' di incoscienza anche da vecchio, fare cose senza pensare troppo e vedere che succede, dare spazio al caso e fare opposizione a chiunque pretenda di dirti cosa è giusto o sbagliato, mandarli a cagare se necessario. Com'è che diceva quello? Bisogna esser duri senza mai perdere la tenerezza? Ecco, se qualcuno ti impone qualcosa che non vuoi fare, tu puoi, teneramente, mandarlo affanculo. Restare un po' giovani, restare un po' incoscienti, è un gesto eroico. Come diceva quell'altro? Gli eroi son tutti giovani e belli? Io, se mi guardo allo specchio, prima mi aggiusto i capelli e poi penso di essere un tipo, di avere un pubblico, ecco. Non proprio bello in modo assurdo. Ma uno potrà ben scegliere di essere un eroe nella vita. E a me rimangono solo la gioventù e l'incoscienza.

Per ora, poi un giorno potrei vestirmi meglio.

3

Bar di Luca

Bologna

Luca li guarda e ascolta con interesse, anche se si è perso l'inizio del dibattito.

«Come fai anche solo a pensare una cosa del genere? A te quello lì sembra uno in grado di sviluppare un pensiero simile? Per come la vedo io è solo un gran drogato.»

«Ma guarda che il fatto che sia un drogato non esclude necessariamente un'abilità e una sensibilità adeguate alla narrazione di un concetto un po' più profondo del solito. Anzi, la storia insegna che alcuni grandi autori sono stati anche grandi drogati. E poi non è che sia un pensiero di chissà quale difficoltà d'argomentazione o di interpretazione, o particolarmente innovativo: è il concetto stesso che sta alla base degli scioperi, esiste da quando esistono servi e padroni.»

«Sì, ma un autore quando scrive una canzone mette dentro un po' di sé, è chiaro che proietta il suo background su tutti i possibili ascoltatori. Quando ha scritto quel pezzo parlava di droga, non aveva altro per la testa, te lo dico io. Figurati se ha mai alzato un dito per lavorare, quello lì!»

«A parte che da te non mi aspettavo questa svalutazione del lavoro del cantautore.»

«Ok, non volevo intendere questo, lo sai, però ragionando sulla tua ipotesi del cazzo mi sembra evidente che si faccia riferimento a una produzione materiale.»

«Ah vedi! È qui che casca sempre il coglioncello, sempre a fare queste distinzioni tra lavori veri e passatempi per borghesi. Ci credo che poi l'unica lettura che puoi dare a una canzone del genere è quella dei drogati che reggono l'economia mondiale.»

«No, guarda che non penso si parli di economia ma, semplicemente, di un ipotetico mondo in cui tutti riescono a uscire dal tunnel, un po' stile *Se me lo dicevi prima* di Jannacci.»

«A parte il fatto che non si parla per forza di economia quando si ipotizza il crollo della domanda con una conseguente crisi, quel pezzo di Jannacci è arrivato qualche anno più tardi.»

«Ma io non ho mica detto che ha copiato, facevo una semplice analogia per far entrare nella tua testolina di minchia quello che sto cercando di dirti.»

«Sì sì, però devi ammettere che lo sviluppo delle parole successive rinforza molto di più la mia tesi...»

Luca non ce la fa più e li ferma: «Oh regaz, a parte che non ho ancora capito di cosa cazzo state parlando e a questo punto non mi interessa neanche più... cosa volete, Chianti o Sangiovese?».

In coro invocano il secondo santo d'Italia.

«Oh, sul vino andate sempre d'accordo eh... Merde.»

L'oste si volta lanciando altri improperi ai suoi avventori e recupera la boccia dalla dispensa mentre i due si fissano interrogativi, occhi socchiusi e bocca leggermente aperta, che non può voler dire altro che: "Cosa cazzo stavamo dicendo?".

La disputa verte sul significato della canzone *T'immagini* di Rossi Vasco, contenuta nel disco "Cosa succede in città" del 1985, anno in cui entrambi decisero, avvalendosi per la prima volta del dono del libero arbitrio, di venire alla luce.

I due in questione sono Zeno De Marchi – giovane non giovanissimo esponente della categoria dei cervelli rimasti, scrittore di bella presenza e per il momento poca speranza, occasionale factotum multilivello nell'evoluta civiltà dei servizi e del benessere – ed Eugenio "Genio" Fontolan, suo amico storico, sia in senso anagrafico che di formazione, di mestiere *professional driver* nonché filosofo, viveur e attaccabrighe per passione.

«Comunque... Vuol dire "smettere di drogarsi", dài, t'immagini che crisi?! Guarda che, anche e soprattutto perché sono sostanze illegali, dietro ci girano un sacco di soldi e di poteri occulti.»

«Sì, come le scie chimiche e i telecomandi per i terremoti, per esempio, ma va' a cagare valà. Per me intendeva "smettere di lavorare" o più in generale smettere di fare qualsiasi cosa all'interno del sistema... Uno sciopero globale! Se ci pensi sarebbe l'unico modo per mettere veramente in crisi i poteri forti, smettere di pensare ai soldi come necessità, smettere di ubbidire a un capo, smettere di fare le cose che non vogliamo fare.»

«Sì, e te dici che Vasco ha pensato tutte queste cose?

Secondo me si stava facendo due conti in tasca e dopo aver visto quanto spendeva in droga ha scritto 'sto pezzo.»

«Ah, guarda, può anche essere che la scintilla sia stata quella, ci sta tutta, ma chi ti dice che poi non si sia sviluppato un significato più esteso e "importante"?»

«Vabbe', ma allora parliamo di niente!»

Luca nel frattempo è tornato e ha versato due bicchieri di "Sangio". Il suo sguardo, sopracciglia alzate e bocca serrata a formare un leggero sorriso, è quello dell'oste che ha capito tutto: «Regaz, secondo me il pezzo parla di figa».

4

Michelle

Vevey, Svizzera

Nel locale suona una compilation di Tropicália, qualcosa di Gal Costa. Lo spazio è disegnato in maniera tale che il bancone si trovi esattamente a un passo dalla porta d'ingresso, creando così una sensazione di fila perenne. I gestori sono due scontrosi e insofferenti uomini di mezz'età che solo dopo qualche tempo mostrano agli avventori un'umanità profonda e calda, da emigrati che hanno trovato una loro fierezza nel girone dell'economia elvetica, che da secoli dona un alto grado di ricchezza fregandosene del mondo attorno.

I tavoli di legno sono consumati ma non malmessi, e svelano una memoria nobile. Le luci basse a poche decine di centimetri dalle sedute danno quel tono confidenziale che attira improvvisati filosofi, scostanti pensatori, appassionati della parola e più in generale amanti del bere a un costo stranamente sostenibile per quelle latitudini.

Michelle Lacanti non è la classica *femme fatale*: non fa girare gli uomini per strada, non è il tipo che attira l'attenzione in un locale, non è quella che potrebbe finire in copertina su «Sports Illustrated». Ma è quella a cui chiederesti sempre il numero: poco più alta di un metro e cinquanta, snella, diafana e con una chioma leonina di capelli rossi che la annuncia da lontano.

Ha scelto una vita nomade votata al giornalismo: molte redazioni, parecchi colleghi, contratti ridicoli e ogni volta un buon motivo per cercare altro, altrove. Fino ad arrivare qui. Dorme poco da sempre e male solo di recente; qualche giorno prima ha viaggiato in treno per una decina di ore per raggiungere Vevey e adesso soggiorna in quello che sembra essere il peggiore hotel della città, gestito bruscamente da un ucraino poco più che trentenne che l'ha indirizzata qui per passare una serata tranquilla. Forse l'unico atto di gentilezza vera che ha avuto nei suoi confronti da settantadue ore a questa parte.

Michelle siede a metà sala in un tavolo quadrato, un po' in disparte. Ha davanti a sé qualche foglio su cui sta lavorando svogliatamente; pensa che qualche ora libera potrebbe concedersela, che questi giorni di appostamenti e ricerche hanno portato a molto meno di quanto sperato. Alzando la testa, incrocia il suo riflesso su un brutto quadro dall'altro lato della sala: una giovane ventinovenne a caccia di uno scoop che sembra non farsi trovare. Gli occhi questa sera danno ragione ai banali spasimanti rimasti oltre confine, che spesso li definivano "naturalmente tristi". Anche se quella che legge sulla sua faccia a Michelle pare più fatica che tristezza. La giornalista amante della verità avverte un moto di stizza verso il mondo e digrigna i denti.

Nel locale adesso ci sono nove persone: un tavolo occupato da cinque ragazzi sui vent'anni, impegnati in qualche discorso di natura politica; una coppia di ragazze a quello che sembra un secondo appuntamento, Michelle e Sergio, l'unico oste. Nove persone sono il pubblico selezionato per l'ingresso del Generale Arnaud, che – aggrappatosi al bancone in maniera rocambolesca – bestemmia ad alta voce cercando di rialzarsi.

«Sergio... Buonasera.»

«Arnaud! Tutto bene?»

«Avrei preferito delle scarpe che con la pioggia non diventassero dei pattini, diciamo.»

A Michelle basta un secondo per riconoscere il volto che da tre giorni vede scomparire dentro il "palazzo di vetro" davanti al lago e, passando rapidamente lo sguardo dai fogli al suo viso, pensa che per una volta la fortuna ci ha visto bene e ha deciso non solo di baciarla, ma di portarsela direttamente a letto.

«Avremmo tutti preferito un clima più mite, caro Arnaud... Cosa ti faccio?»

«Una pinta, Sergio. Grazie.»

Dalle ore passate a mortificarsi in quell'orribile ufficio, il Generale riusciva a liberarsi solo alzando il gomito. Accadeva da qualche anno. L'avambraccio appoggiato lungo il bordo del bancone, il busto proteso in avanti verso le spine della birra, il suo sguardo dietro le occhiaie consumava una rabbia profonda, atavica, nata in un momento che gli sembrava così lontano da non ricordarselo quasi più. Il parka copriva quasi completamente la sua figura. Quell'uomo un tempo faceva parte dell'élite del Paese e ora, a quarantadue anni, era solo un gigante di quasi due metri chiuso in una gabbia che neanche lui sapeva spiegarsi.

«Tutto bene al lavoro?»

«Come sempre. Tu? Già iniziata la stagione dei funghi?»

«È ancora presto... Dal mese prossimo dovremmo cominciare a fare qualche uscita. Vuoi unirti?»

«Perché no?» risponde, con la solita faccia che da anni dice "perché no" solo per omettere "non credo lo farò". «Vai ancora con il cane?»

«Osvaldo?! Sì sì, invecchia ma è sempre in forma.» Arnaud sorride leggermente, un gesto raro. Si stupisce da solo quando gli capita, ormai sempre più di rado.

«Anche mio padre va a funghi!» esclama una vocina qualche decina di centimetri più in basso.

L'oste e il Generale osservano stupiti l'entrata in scena di quel cosetto dai capelli rossi, non capendo se si tratti già di un'allucinazione da alcol, pur non avendo quasi toccato bicchiere.

«Buon per lui» taglia corto Arnaud, rivolgendosi a Sergio. «Prendo la mia birra, eh» e consegna le monete già contate.

Il locale ha ripreso il suo ritmo dopo quel siparietto, nessuno fa più caso a loro. La clientela è quasi sempre la stessa, varia con grande lentezza anno dopo anno e sono tante le facce abituali. Ci si conosce per nome e non è insolito che le conversazioni si allarghino tra i tavoli o coinvolgano anche chi si trova lì di passaggio, specie se a fianco al bancone. Ma questa ragazza dai capelli rossi è un'estranea, deve rispettare "il codice", le abitudini del posto... Non ha senso che una novellina si inserisca così in un discorso, per di più tra Sergio – che, malgrado la voce grave, è sempre molto gentile – e un cliente più taciturno e solitario dell'onagro.

Michelle rimane impietrita: non ha la stoffa del segugio ed è pur sempre una ragazza capitata per caso in un locale a centinaia di chilometri da casa. Si appoggia un istante al bancone, Sergio la guarda interrogativo asciugando qualche bicchiere.

«Vuoi qualcosa da bere?»

«Mmh?»

«Vuoi qualcosa da bere?» ripete avvicinandosi con la faccia a quella di lei, un sopracciglio alzato.

«Ah, sì, cioè no. Grazie. Avete qualcosa da stuzzicare?»

«Patatine, arachidi, taralli, nachos. Oppure se vuoi lì c'è la lista dei panini» indica con il mento poco oltre la sua spalla.

«Dei taralli, grazie.»

Sergio si volta per versarli in una coppetta, spostando un barattolo dove sono contenuti e scoprendo un ritaglio di giornale: una foto di gruppo di qualche decennio prima – a giudicare dall'ingiallimento – in cui si può vedere solo una parte del titolo:

SALVATI [...]
Arnaud Del[...]

«Due franchi e mezzo.»

«Come?»

«Due. Franchi. E. Mezzo» ripete scandendo bene le parole. «Sicura di stare bene, signorina?»

«Scusi, sì certo.» Michelle armeggia con la borsa e prende coraggio: «Senta, ma quell'Arnaud del giornale è...?».

«Arnaud.» Con un gesto del mento quasi identico a quello di prima, Sergio indica il Generale, seduto all'angolo opposto del locale, la birra già a metà e un iPad davanti. Un quadro strano. «È il nostro eroe in pensione.»

5

Zeno

Bologna

Di solito, Zeno De Marchi apre gli occhi tra le 9 e le 10 del mattino, con o senza sveglia, che riserva solo per appuntamenti importanti.

Di solito, verso le 10:30, dopo aver affrontato con tutto se stesso il dramma del risveglio, si ritrova davanti a una moka incandescente e a un tostapane ripieno di pancarrè, sottiletta e prosciutto cotto preso in offerta al supermercato.

Di solito, verso le 11 scrive il suo primo post su Facebook, che spesso corrisponde alla prima canzone che gli è balzata in testa dal momento in cui ha aperto gli occhi, corredata di una frase generica e incomprensibile ai più. Tipo: "Anche oggi è oggi, pensate fosse stato ieri" e *Time* di Tom Waits. Di solito, aspetta che qualcuno lo conforti con un commento che dia un senso a quello che lui stesso ancora non riesce a definire nella sua testa.

Di solito, si prende qualche decina di minuti per pensare a qualcosa da scrivere sul suo poco considerato blog "L'incoscienza di Zeno", magazine amatoriale e unica espressione lavorativa per lui degna di essere assecondata con costanza.

Di solito. Oggi, a mezzogiorno, Zeno dorme ancora. "Il Sangiovese era buono ma forse era anche troppo" direbbe Eugenio. E infatti poco dopo, quando squilla il telefono, con gli occhi impastati e stretti nella morsa della luce del telefonino, Zeno cerca di capire chi lo sta chiamando: è proprio Eugenio, ed è quasi mezzogiorno.

Risponde. «Eeehm… 'nto?»

«Il Sangiovese era buono ma forse era anche troppo!»

Zeno sorride tra sé e sé. «Genio, c'è qualcosa d'importante o è solo una telefonata di cortesia?»

«Sicuramente sei stato molto cortese a rispondere, d'altra parte telefonare è lecito…»

«Mavaffanculo!» Zeno riattacca. Il telefono gli rotola dalla mano e finisce per terra. Bestemmia.

Capita sempre più di rado che si facciano le 4 a parlare di cazzate ed è incredibile come Genio, nel tempo, abbia mantenuto la stessa capacità di reazione alla botta di quando aveva vent'anni. Zeno invece non ce la può fare, ogni volta sembra sempre più scemo e più vulnerabile di fronte al mondo cinico e baro. Forse Genio, avendo un lavoro, si ritrova costretto a svegliarsi prima, ribeccarsi per tempo, e assumere obbligatoriamente le sembianze di un *Homo erectus*. Zeno invece, da semidisoccupato neolaureato (a diciotto mesi dalla laurea), ha la possibilità e il sacrosanto diritto di fare schifo come gli pare e quando gli pare, ma oggi non ne ha voglia. La testa non fa male: il vino, almeno, era veramente buono.

Moka e caffè, ma niente toast. Il programma della giornata prevede improvvisazione.

Preso dallo sconforto dovuto all'assenza di una qualsivoglia occupazione, nell'ultimo periodo Zeno ha deciso di autocommissionarsi un piccolo reportage sul solito autunno caldo dei movimenti "delle frange autonome della sinistra", dandosi persino una scadenza: l'inverno, c'è tempo. Oggi ci si può dedicare alla usuale rappresentazione farsesca della ricerca di un lavoro. Uno vero, di quelli dove ti pagano anche se non fai niente: quella sì che è un'ottima posizione a cui ambire, soprattutto il giorno dopo una notte di sbornia passata a parlare del senso della vita, guardare le signorine che passano al bar e valutare l'efficacia di un Fernet mezz'ora prima di andare a dormire. Che poi non è vero, perché quando hai la possibilità di non accettare il primo lavoro che ti capita, perché la storia dell'umanità ti ha collocato in un tempo e in uno spazio dove un vuoto legislativo di welfare permette a milioni di giovani di vivere, almeno fino ai trent'anni, con i soldi dei genitori, allora ti senti fortunato e in automatico ti prende questa missione di voler salvare il mondo, di fare qualcosa per il bene dell'umanità, qualcosa di socialmente utile, che ti faccia stare in pace con te stesso. Tipo il giornalista al «Resto del Carlino».

Gentile Sig. De Marchi,
dopo aver preso visione del suo curriculum volevo invitarla nella nostra sede di via Mattei per un primo colloquio di approfondimento. Se interessato può contattarmi telefonicamente per fissare un appuntamento.
Cordiali saluti.

Marcello Guaraldi – Caporedattore Cronaca –
«il Resto del Carlino»
3331809494 marcelloguaraldi@ilrestodelcarlino.it

«"... Segnala come phishing." "... Segnala come spam." Adesso dimmi se uno la mattina si sveglia e deve trovare una mail del genere! Sarà una presa per il culo di Genio...»

Zeno ripensa ai movimenti del suo curriculum vitae e ricorda che alcune settimane prima – in preda allo sconforto e all'ambizione della nullafacenza al servizio di idioti – lo aveva inviato persino al «Carlino». Il CV espone una laurea umanistica in qualcosa che sarebbe meglio mettere sotto il tappeto, conseguita con puntualità e buoni voti, oltre a varie esperienze lavorative che gli permettono di dimostrare:

- di saper guidare il motorino e consegnare le pizze;
- di sapere cablare un palco per piccoli eventi;
- di saper organizzare i suddetti piccoli eventi;
- di essersi adoperato al servizio clienti della nota marca d'arredamento;
- di aver conseguito con successo un master di secondo livello;
- di avere il dono della parola e spenderla in collaborazioni saltuarie online.

Probabilmente stanno cercando un inserviente, ma a scrivere è il caporedattore in persona, il cap.red.in.pers. Che fare? Richiamare e rispondere con onestà intellettuale: "Gentilissimo, davvero gentilissimo. Credo vi siate sbagliati, io comunque pensavo di prendervi per il culo e succhiare non solo il vostro danaro ma anche tutti i caffè della macchinetta già che passavo da voi"?

Oppure la vile realtà.

«Sì, pronto?»

«Marcello Guaraldi?»

«Sono io. Chi è?»

«Ah, guardi... Buongiorno, sono Zeno De Marchi, ci siamo sentiti via mail. Mi ha scritto lei.»

«...»

«...»

«Avvocato, è l'avvocato di mia moglie?»

«Eeeeh, no. Sarebbe per un colloquio. Cronaca.»

«Aaaaah! De Marchi! Ma certo, De Marchi!»

'Sto coglione.

«Ahah. Salve.»

«Buongiorno De Marchi, felice abbia richiamato, mi perdoni per il *misunderstanding*. Bravo che ha richiamato.»

«Si figuri, è un nome comune. Succede di confondersi.»

«Bene, quindi vogliamo fissare questo colloquio, eh? Che ne dice, lo facciamo?»

«Volentieri, la chiamavo appunto per questo.»

«Certo, certo. Allora vediamo un po'...»

«...»

«...»

«Quando preferisce.»

«Be', direi già domani. Che dice di domani?»

«Domani è perfetto. Alle?»

«10:30.»

«10:30, perfetto. Allora a domani, Guaraldi. Le auguro buona giornata!»

«Anche a lei, Walter.»

«Sarebbe Ze...»

Tu-tu-tu.

Zeno guarda il telefono, poi fuori dalla finestra. Qualche nuvola sparsa, i rumori della strada. Guarda nuovamente il cellulare. Mette su un altro caffè.

6

Venticinquesimo piano

Vevey

La base operativa è un ufficio luminoso all'ultimo piano di un grattacielo senza particolari pregi architettonici, un luogo semplice, piacevolmente moderno e trasparente che rimanda all'idea di tranquillità di chi non ha niente da nascondere. Dall'interno, le pareti in vetro permettono di godere del panorama: le Alpi che incombono sornione nel pigro cielo azzurro di tarda estate, il lago poco distante e la cittadina che si adagia sulla riva. L'ufficio è un'unica grande stanza arredata Ikea, alcuni tavoli con relativo schermo di computer, una scaffalatura con libri e riviste appoggiati svogliatamente sui ripiani e su un lato, accanto all'ascensore, un grande armadio di betulla impolverato. I due uomini sono seduti uno di fronte all'altro alle due scrivanie al centro della stanza.

Il Generale ha gli occhi arrossati dalla luce dei monitor e la voce, bassa e con poche consonanti, di chi da tempo immemore sta aspettando il momento giusto.

«Per quanti anni ancora dovremo nasconderci?»

«Forse per sempre, Generale. Il nostro lavoro ha ben

poco a che fare con la gloria personale, e se uscissimo allo scoperto perderemmo tutto quello che abbiamo costruito in questi anni. Lei è l'unico, insieme a me, a conoscere l'entità di questo progetto... e degli effetti che potrebbe avere se diventasse pubblico prima che sia terminato. Quindi perché continua a chiedermi per quanto tempo dovremo nasconderci?»

Il Generale osserva attentamente la bocca del Dottore pronunciare le ultime sillabe, come se provenissero da una realtà che non gli appartiene più. Si volta di lato per ammirare il paesaggio, il lago calmo. «Non lo so, Dottore... Forse perché sono stanco.»

Una lamentela, l'ennesima.

I pensieri del Dottor Negroponte sono di sfida e disprezzo, ma le parole sono accomodanti: «Allora è meglio fermarci per oggi, che ne dice?».

«Forse è meglio, sì.»

«Arrivederci.»

«Buonanotte.»

7

Genio

Bologna

L'autoradio sintonizzata sulla stazione locale propone una rassegna stampa poco ortodossa, piena di frecciate e battute che prendono di mira a volte il politico di turno, a volte il becero giornalismo contemporaneo. Genio la adora. E quando capita che l'orario della rassegna corrisponda a un momento in cui il suo pullman è deserto, poco prima di caricare orde di umanità varia ed eventuale, la adora anche di più.

Che poi, alla fine, il mondo è fatto esattamente a quel modo. Sì, il politico è furbetto, ruba, assume i parenti, gioca a Candy Crush. Ma il cittadino, l'uomo della strada, è forse migliore? Quello che facciamosenzafattura, che faipurecontoparimadiricevutedammeneunainbianco, che lasciolamacchinaintriplafilamasolounattimino.

E poi il giornalismo, sì, d'accordo, è becero. Ma il lettore, il lettore medio, non capisce un cazzo. Uno crede di avere a che fare con reazionari, gente prevenuta, iracondi. Invece semplicemente non capiscono un cazzo. "Analfabetismo funzionale" si chiama. Non è che non sappiano leggere o scrivere. È che proprio non capiscono un cazzo.

Solo così si spiegano il mito dei 45 euro al giorno ai rifugiati che aspettano di sapere cosa gli riserva il futuro, l'allarme ebola o muccapazza o aviaria o chissàcheccosa, le migliaia di notizie false che ogni giorno bombardano l'utente medio della rete. In breve, la Lega Nord non esisterebbe senza analfabeti funzionali.

Pazienza, dispiace per loro. Genio ha imparato, negli anni, a ignorare le fatwe e le fantasie di pancia di quella sedicente classe media perennemente sull'orlo della crisi di nervi, attenta al centesimo per arrivare in modo presentabile a Cortina e sessualmente eccitata dal gesto estremo di scrivere "prima gli italiani" coi suoi ditoni ciccioni sull'iPhone 12.

L'unica salvezza per una città come Bologna è il ricambio generazionale, in tutti i settori. E restassero qua, invece che tornare al paesello, 'sti sbarbi universitari, troppo spesso innamorati del loro ombelico per guardarsi intorno e realizzare che Bologna è il paesello più grande del mondo.

Ogni tanto è un peccato dover interrompere quel flusso di pensieri solitari per iniziare a lavorare davvero. Non che il suo lavoro non gli piaccia, ma tant'è. E così, dopo aver preso in consegna il mezzo – un Volkswagen 15 posti soprannominato "La Caffettiera" per via del gorgoglio emesso dal suo motore – è arrivato il momento di caricare i primi passeggeri della giornata: una *cabin crew* di Ryanair. Non giovanissimi, non bellissimi, piuttosto scoglionati. Uno sbiadito ricordo del mito del personale volante del Novecento, con le hostess altissime e i piloti con l'espressione tipica del trombatore seriale. E anche mettendo da parte i luoghi comuni, non sembrano proprio avere il *physique du rôle* dei giramondo, maleassortiti e demotivati come sono. In due parlano sottovoce, in italiano, in terza fila. Poi Jana, una trentacinquenne forse ceca, forse slovacca, li cazzia in inglese. Da quel momento, fino al futuribile hotel 3 stelle circondato dal nulla, al confine tra una provincia e l'altra, non vola una mosca.

Il resto della giornata, volata tra corsie preferenziali e strade parecchio secondarie, lo porta all'ultima fatica: caricare una balotta di gaudenti giapponesi. Reflex al collo, guida con l'ombrellino. Un classico. Destinazione Maranello, all'inseguimento dell'unico rosso emiliano possibile da esportare. Euforici, loro. Anche la bassa modenese, piatta come Ken di Barbie e Ken, sembra capace di risvegliare la loro smania di velocità. E di fotografare ogni cosa. Dopo una fluente conversazione con il capogita – un calabrese che vive a Tokyo e che sogna di mettere una bomba a Montecitorio – e un "arigatò" pronunciato a caso ma graditissimo dagli ospiti, arriva il momento dei saluti, una firma e una controfirma sull'ordine di servizio e tac: il mitico cinquantone, una di quelle mance che un po' non ti aspetti e un po' sì.

Chiuse le pneumatiche portiere, in mezz'ora la vista di San Luca sembra la ciliegina sulla torta. Dopo una giornata così, una bevuta al bar è il minimo. Attraversare i viali, inforcare l'unica delle storiche porte della città rimasta attraversabile dai mezzi a motore, allargare leggermente prima di imboccare la minuscola traversa sulla sinistra. Tutto in automatico. L'ulcera che si impenna ma solo per un attimo, quando una bici, legata a una colonna ad angolo a mo' di cavallo di Frisia, rischia di fare la fiancata alla Caffettiera.

Poi, ecco il bar. Che illumina l'orizzonte. Come San Luca.

8

Al bar

Bologna

Zeno è già in piedi al bancone, Luca lo ascolta senza mezza voglia mentre l'amico si agita e ride.

Si interrompe quando vede arrivare un esausto Genio.

«Oh, proprio te. Stavo raccontando all'oste simpatico qui la mia avventura nella tana del nemico.»

«Anche tu eri a Modena, oggi?»

«No, ma cosa dici!? Sono andato a fare un colloquio al "Resto del Carlino".»

«Per venderlo ai semafori?»

«Soccia, tutti simpatici oggi? Dài siediti, valà. Insomma sono tutto agitato che faccio: "Puttana! Puttana! Puttana! Ma dove cazzo è? Dài! Ma com'è che non ce la posso fare? Dài! Oh eccolo! Dài che se non trovo traffico arrivo puntuale, dài Zeno! Vai campione! Hophop!".»

«Certo che sei scemo, però. Come fai a perdere il casco in casa tua?» gli fa Luca.

«Ma sta' zitto te, che hai uno schifo in camera. E poi voglio vederti alle dieci e un quarto del mattino il capire che hai...»

«Sì, ma io qua chiudo alle quattro per colpa degli stronzi come te con le ragnatele sul gomito e alle dieci di solito dormo.»

«Hai ragione anche te... E insomma sono lì che mi butto su San Donato con casco allacciato e luci accese come ci insegna Cereghini, passo il ponte e prendo dietro le Roveri. Capisci che sono tornati tutti dalle vacanze e c'è un po' di traffico, m'infilo tra una macchina e l'altra e quando non ci passo torno indietro e quando scatto ai semafori ci apro come un dannato, solo che il motorino è imballato e non tira più come un tempo.»

«Fallo vedere da coso lì, dietro casa tua...» lo interrompe Luca. «Da quel tamarro che gli ha fatto lo spot anche quell'altro bagaglio... Dài, come si chiama?»

«Alzheimer, si chiama.» Genio anche oggi vince il premio "velocità di pensiero".

«Coglione.»

«Fottiti.»

«Dài fenomeno continua che non ho mica tempo per sempre, sono qui a lavorare.»

«Ma se siamo solo noi tre!»

«Che peso che sei, Zeno...»

«Vabbe', insomma ho l'appuntamento alle 10:30 e sono lì che lego il motorino fuori dalla sede in via Mattei. Puntuale! Sono troppo carico, allora entro e c'è 'sta tipa sui quaranta un po' cotonata che sembra uscita da *Love Boat* e mi fa: "Preeeeeeego?". Oh, non le avevo ancora detto niente e già aveva un tono sgradevole. "Ah, buongiorno, avrei appuntamento con Guaraldi. Sono De Marchi." Fa un po' di faccia da culo e mi manda al quarto piano, a destra, in fondo al corridoio. C'è il nome sulla porta. Mi annuncia chiamando in ufficio mentre vado a prendere l'ascensore. Mi guardo un po' attorno, tutto bello patinato ma in maniera un po' decadente, un po' abbandonato a se stesso, nell'ascensore un grande specchio alto tutta la parete, il pavimento è semilucido che quasi ti riflette. Immagino di guardare sotto la gonna di qualche futura collega carina.»

«Fai schifo.»

«Perché te alle clienti non ci guardi?»

«Sì ma mica faccio il voyeur.»

«Però i porno li guardi!»

«Ma che c'entra?!»

«Mah, lascia perdere, dài… Arrivo all'ufficio di Gualdi, 'sto coglione! Busso e dopo qualche secondo sento una vocina da donna, strozzata e già scema: "Avanti!".»

9

Il colloquio

Via Mattei, Bologna

Fermiamoci un attimo per fare un quadro della situazione.

Zeno, non-più-giovanissimo-compagno, è:

- davanti alla porta del caporedattore Cronaca nella sede del quotidiano cittadino che più si distanzia dal suo sistema di valori;
- si è messo la giacca e persino la camicia, indossa scarpe da ginnastica e lo zainetto di quando andava alle superiori;
- non si sbarba da 29 giorni;
- il clima temperato della città a settembre gli ha donato, quasi sicuramente, l'ascella pezzata.

È spacciato.

«il Resto del Carlino», se ricordate le valutazioni sull'analfabetismo funzionale di Genio, è uno dei giornali-guida di questa fetta di popolazione. Mal diretto, tendenzioso al limite del parossismo, brutto a vedersi, con la rubrica dedicata agli "amici di famiglia": ovvero cani, gatti, pappagalli, tartarughe e via così, cattivo approfondimento anche sulle vicende dello sport cittadino, allarme criminalità per ogni magreba coinvolto in un tamponamento pur avendo il CID dalla sua e altre nefandezze assortite. Insomma: fiero promotore del merdaio.

Zeno è uno che legge ogni cosa, che magari all'inizio fatica anche a capire, però è curioso, gli piacciono le persone, pensa che il welfare debba essere centrale e rilanciato, è uno che ha scritto la tesi sul reddito minimo, va a vedere il futbàl allo stadio, si lamenta del prezzo della birra al bar anche se da Luca paga una volta ogni cinque. È una brava persona. Pigro, ma brava persona.

Apre la porta ed entra: «Buongiorno, sono… De Marchi».

L'esitazione non è dovuta a un'improvvisa amnesia, ma alla vista dell'ufficio del cap.sup.in.pers. Finiture laccate nere, dipinti di – crede – arte contemporanea ma che a un più attento sguardo sono riproduzioni del Guaraldi stesso, con una sola eccezione: un culo di donna tre metri per quattro. La parete alle spalle della segretaria è una gigantesca finestra che regala uno scorcio indimenticabile del distributore Q8 dall'altro lato della strada, qualche fabbrica, terreno incolto e un parcheggio: scorge il proprio motorino. La scrivania dell'essere umano chiamato segretaria è BIANCA. Pavimenti neri, finiture nere, mobilio nero, scrivania BIANCA. LUCIDA. L'indescrivibile colore della pelle di lei è una nuance elaboratissima tra il terra di Siena, la pietra lavica e la cacca dura. Capelli corvini legati in una coda di cavallo tesissima, occhi contornati di blu, gambe snelle e tacchi: altissimi. Zeno ha solo un pensiero in testa: "No".

«Buongiorno, De Marchi» il cognome viene masticato assieme alla gomma che tiene in bocca e con cui gioca vistosamente, «il dottore la sta aspettando nell'ufficio.» Con una matita per gli occhi gli indica una porta alla propria sinistra: nera anche questa, lucidissima da fare male. E la targhetta: MARCELLO GUARALDI. Non un titolo, un dott. avv. stocazz., niente di niente. Culto della persona alle stelle. Zeno non riesce a emettere suoni, apre la porta ed entra da Guaraldi.

«Permesso...»

«De Marchi! Si accomodi! Venga venga!»

Guaraldi si alza dalla vecchia poltrona e raggiunge Zeno stringendogli la mano, o per meglio dire gli afferra la mano senza che il giovanotto abbia potuto anticipare il gesto, gli mette l'altra sulla spalla e lo conduce verso una delle due sedie a un lato della scrivania.

Lo studio è sorprendente, vorrebbe sembrare umile ma è arredato con una cura maniacale: un divano e due poltroncine in pelle color mogano che probabilmente non hanno mai visto nessun culo sedercisi sopra. O forse nessun culo vestito, o forse solo ginocchia. Due pareti di libreria senza sosta, volumi di ogni estrazione: manuali di giurisprudenza, diritto commerciale, self-training, psicologia spicciola, team-management, capitani d'industria, Massimo D'Alema, Giampaolo Pansa, qualche classico in edizione deluxe, riconosce la costina di Mondadori quasi ovunque: i Meridiani. A far simpatia – in un angolo – una schiera di Topolini, perché è importante conservare il bambino dentro di te mentre siedi alla guida della Bibbia degli scemi.

«De Marchi, mi fa piacere averla qui. Qui da noi.»

«Piacere mio… Direttore.»

«Ecco, ecco. Eviterei i titoli, mettono distanze. Se per lei non è un problema possiamo darci del tu. Così mi sento giovane anche io! Giovane, dico.» Abbozzando un'espressione che non tutti definirebbero sorriso.

«Come preferisce.»

«Preferisci. Come.»

«Come preferisci, Marcello.» Zeno tocca con mano numerose sensazioni in un solo istante: un'epifania di umiliazione, terrore, diarrea e sudore. Guaraldi è ecolalico.

«Guarda, De Marchi, vado direttamente al sodo che tanto siamo tra professionisti.» Zeno pensa ai contratti in regola avuti finora: due. Nessuno dei quali riguardante il giornalismo. «Abbiamo bisogno di uno giovane, veloce e acuto che si occupi di una nuova colonna che vogliamo inaugurare quanto prima. Da lunedì, se tutto andrà bene.»

«Ah be', certo. Di cosa si tratterebbe?»

«Di strade, si tratterebbe.»

«Strade? Urbanistica? Non sono molto ferrato, Marce…»

«No no, vita di strada. Racconti dalla strada. Cosa succede in città, cosa ci racconta la città! Eh?»

«Ma in che forma? Cosa di preciso? Magari è meglio un blog.»

«Non lo so, De Marchi, vedi tu! Racconti del mercato, di un palazzo con una storia interessante, parli con i bottegai. La voce del popolo! Stiamo vicini ai nostri lettori! Vicini al popolo!»

«Eeeeeh che meraviglia!» Zeno in quel momento vorrebbe sprofondare, ha completamente perso la percezione del proprio corpo dal collo in giù, sta decidendo di andarsene ma non riesce ad alzarsi.

«Vero? Sono contento che la proposta sia di tuo gradimento, De Marchi.»

«Non posso che ringraziarla. Ma mi faccia capire meglio.»

«Dammi del tu, ti prego! E non ringraziarmi, sarà l'inizio di una bella collaborazione e chissà che non diventi qualcosa di più sostanzioso. Una collaborazione sostanziosa.»

«D'accordo. Dicevo. Una rubrica sugli umori della gente, sui cantieri del centro, sul prezzo del caffè e su questo autunno che per un po' sembra ancora estate e tra un po' sarà già inverno?»

«Bravo, De Marchi! Questo devi fare!»

«E verrei pagato...»

«A pezzo, sì.»

«Cioè...»

«15 euro lordi.»

«Ogni...»

«A pezzo, sì, diciamo uno a settimana.»

«Ma mi spieghi... spiegami meglio, quindi io esco di casa, prendo il bus o il motorino o la bici o i piedi, e vado a sentire cosa mi racconta il verduraio? Oppure me ne sto comodo davanti al computer a far ricerca sui palazzi del centro?»

«Bravo, De Marchi! Questo devi fare... Esci! Scopri!»

«Fantastico. E per voi è giornalismo?»

Guaraldi lo osserva come se un polipo avesse deciso di rivolgergli parola. «Cosa intendi, De Marchi? Cosa giornalismo?»

«Che a me questo non sembra giornalismo. Mi sembra una stronzata.» Ecco, l'ha detto. Ci risiamo.

«Una stronzata? De Marchi ma come si permette!» Il ritorno al lei.

«Come mi permetto?! Ma come si permette lei! Mi faccio un culo così per farmi una cultura, pagarmi gli studi, evitare di leggere il novanta per cento dei libri che lei ha qui dentro e lei mi chiama per 500 battute sui sentimenti del verduraio sotto casa o della storia di questo o quel palazzo? Ma lei lo sa che il bottegaio sotto casa si chiama Allam, ha quarantacinque anni e due figli in Bangladesh, è laureato in Filosofia e faceva l'insegnante ed è scappato perché dissidente politico e lo avevano sollevato dalla cattedra? Eh? Vuole che parli del sentimento del popolo a 500 battute il pezzo mentre la rubrica su Fido Bau Miao di stocazzo ne fa il doppio e mentre nella pagina prima fomentavate l'odio e la paura verso gli immigrati dandovi di gomito con il vecchio rincoglionito?! Volete che vi dica che il mondo è meraviglioso e l'ASCOM si lamenta della Zona T? Un bello spot sul palazzo dei notai e magari mi faccio firmare anche un assegno a cinque zeri?! 500 battute sul Maometto a San Petronio, ti piace Marcello?» La diga è ufficialmente crollata.

«Notai? Miao? Allam? Qui decido io! Ma lei è matto! Matto!» Guaraldi è terrorizzato e immobile, seduto sull'angolo della scrivania.

«Ma siete voi che siete scemi! E coglione io che sono venuto fin qua!» Alzandosi di scatto genera immediatamente un soprassalto dentro Guaraldi che perde l'equilibrio e con un movimento che sembra eterno scivola all'indietro su se stesso crollando sulla propria scrivania come una tartaruga ribaltata.

«ESCA IMMEDIATAMENTE! LA DENUNCIO!»

«Cosa vuole denunciare? Il degrado? Non producete già abbastanza merda da soli?»

Zeno fa due passi ed è già alla porta.

«La sua carriera è finita!»

«Ma per fortuna valà!»

La porta si chiude alle sue spalle, rimane immobile per un attimo mentre Beatrice – la segretaria – lo fissa immobile. La guarda negli occhi per un istante, percependo una pace da vacca indù. Si volta verso la finestra, scorge il proprio motorino mentre sulla strada passa un autobus con una pubblicità che lo copre interamente, dice: "Godetevi i privilegi di una posizione di vantaggio". È di una banca.

«Fottetevi, merde.»

Beatrice viene distratta dal proprio vuoto pneumatico mentre Zeno esce dall'ufficio.

10

Di nuovo al bar

Bologna

«L'ho sempre detto io che quello lì è un giornale buono solo per accendere il camino.»

Nessuno si era accorto dell'arrivo al bar del Bomber che, claudicante come suo solito, aveva preso posizione all'angolo del bancone e aveva ascoltato in silenzio gran parte del racconto. Ora era incontenibile. «Nell'80, quando scoppiò la bomba, scrissero che era esplosa una caldaia. Servi e approfittatori, glielo disse quello là... come si chiamava? Cossiga!, di scrivere così sul giornale. E loro son sempre lì, ancora adesso, a eseguire gli ordini dei democristiani e a vendere un po' di copie in più facendo prendere paura alla gente. E i ladri e gli stupratori e gli zingari e gli assessori e i vucumprà e la pantera sui colli e la moschea all'interporto dove scaricano i musulmani poveri e caricano quelli ricchi così ci rubano soldi e lavoro...»

Il Bomber è il protagonista indiscusso del bar, oltre che il suo avventore più anziano: a volte vera e propria attrattiva turistica, altre volte un po' palla al piede. Racconta sempre delle sue avventure nel SISMI, dei segreti di Stato e delle conoscenze ambigue fatte nel corso della sua avventurosa vita. Tutte cazzate, di base, condite con qualche cenno storico azzeccato e qualche riferimento a persone realmente esistite o esistenti. In realtà è un ubriacone burbero ma simpatico, ed entro i primi bicchieri è persino consapevole di essere una macchietta.

«Buonasera, Bomber!» Luca tenta cortesemente di addomesticarlo senza successo. Quando prende il largo è difficile stargli dietro e il racconto di Zeno aveva già chiesto troppo all'attenzione di Luca e Genio, i quali provano a sfuggire al discorso iniziando a elaborare nuovi modelli di riferimento per il concetto di bellezza femminile. Ma il Bomber riattacca.

«La gente non si rende conto, ma neanche loro sanno di scrivere cagate. Quando ero in servizio mi passavano davanti delle cose che non potete neanche immaginare, quelle andrebbero scritte, quelle andrebbero divulgate! Tutto quello che ci raccontano adesso sono favole per cinni! Potrei scrivere dieci giornali al giorno con tutte le cose che ho visto io e invece mi tocca raccontarle a voi quattro stronzi, che se salta fuori qualcosa mi vengono a prendere e altroché assessori e pantere, lì c'è da aver paura sul serio. Quelli prima mi torturano per sapere cosa m'è scappato di bocca e poi quando hanno finito mi buttano nell'inceneritore di San Lazzaro!»

«Ti vedo un po' troppo sobrio, Bomber, un bicchiere?»

Genio sa come calmarlo per qualche minuto, ma sa anche che quel gesto avrà conseguenze ancora peggiori più tardi.

«Non si dice mai di no a un bicchiere di vino!»

Il bar, intanto, si è popolato e come al solito c'è gente di tutte le età, bambini portati da genitori e anziani alle prese con la briscola, anche se la maggioranza è costituita perlopiù da studenti, giovani lavoratori e disoccupati vari. C'è un po' di fermento per quanto riguarda la nuova proprietà della squadra di calcio locale: un sardo misconosciuto che insieme a un elegante direttore sportivo campano ha licenziato l'allenatore il giorno prima dell'inizio del campionato per assumere un veneto visibilmente alticcio, famoso più per le sue sbroccate che per i meriti sportivi.

Sulla sponda politica invece il commissario prefettizio – la versione femminile di Gianfranco D'Angelo – fa notizia non facendo nulla e risultando simpatica agli occhi di molti. L'immobilismo politico e istituzionale premia un popolo che ama lamentarsi ma a cui, senza ammetterlo, va bene così.

Il titolo di "evento della serata" se lo merita un giovane barbuto che, con l'intento di entrare nel bar con un malloppo di volantini da mollare sul balcone, inciampa su un pastore maremmano e finisce addosso a una ragazza con due birre in mano. I boccali si rovesciano a terra nel dispiacere generale, la ragazza indietreggiando urta con il gomito una fila di bottiglie appoggiate sul balcone e crea un effetto domino distruttivo di vetro e vino rosso. I presenti assistono alla scena impotenti, le urla di disapprovazione crescono, una bottiglia di Nebbiolo sopravvive alla caduta dal bancone ridando speranza al popolo demotivato e inizia a rotolare inesorabilmente verso la porta del bagno mentre il Bomber, inconsapevole, in quel momento esce dalla toilette e ci scivola sopra. La caduta è abbastanza comica e qualcuno immagina l'onomatopea *swish!* comparire magicamente sulla scena. Nel locale invece c'è solo la bestemmia del Bomber, pronunciata a mezz'aria, proprio mentre con un tentativo disperato cerca di aggrapparsi all'unica cosa che trova nelle vicinanze: la vetrinetta degli amari. Il tonfo è assordante, il corpo dolorante ma intero del Bomber galleggia in una pozza di liquido marrone. Qua e là si notano pezzi di etichetta sopravvissuti al solo scopo di essere testimoni di quello che erano: branca, raffo, 'tenegro. Luca ha osservato tutto con una bottiglia di Cynar in mano, unica sopravvissuta alla strage, e ora guarda con occhi di ghiaccio il giovane barbuto, fermo immobile e con la bocca spalancata, come tutti, attoniti e ammaliati dalla perfezione e dal cinismo del caso. Il pavimento è una distesa di alcol di ogni colore e gradazione, il bar è un campo di battaglia con numerose vittime di vetro squartate e distese a terra, qualcuno degli avventori mostra qualche lacrima sulla guancia.

Zeno si guarda le scarpe, uno dei volantini portati dal ragazzo barbuto si è adagiato tra i suoi piedi. Pubblicizza un dibattito organizzato da un collettivo di studenti universitari. L'oratore principale è tale Giuliano Savataferle, giuslavorista. Non lo conosce.

"Dovrò pur mettermi a lavorare in qualche modo" pensa mettendosi in tasca il foglietto.

«Tutti fuori dal cazzo» urla Luca. «Il bar è chiuso.»

II

Costellazioni

Vevey

«Com'è la Svizzera, Mimì?»

«Fa schifo, ma'.»

«Non dire così. Ci siamo stati molte volte con tuo padre quando eri piccola. Ti ricordi?»

«Sì, mamma, e anche allora era una noia mortale.»

«Però il lavoro va bene?»

«Diciamo.»

«Sei una brava giornalista, vedrai che arriverai a ottenere quello che stai cercando!»

«A dire il vero in questi giorni mi sembra di non sapere proprio cosa sto cercando...»

«Prova a distrarti un po', se guardi le cose troppo intensamente e per troppo tempo poi scompaiono.»

«Sì e vado a prendere una birra da sola?»

«Non devi bere che lo sai che non fa bene.»

«Mamma ho trent'anni!»

«E ti devi voler bene!»

«Vabbe', ho capito, vado a farmi un giro. Ci sentiamo domani, dài.»

«Mi raccomando, copriti.»
«Sì, mamma. Ciao.»
«Ciao, Mimì. Sei brava.»

Michelle Lacanti nasce nella turbolenta serata del 3 ottobre 1985. Ma prima della serata turbolenta forse è bene capire chi l'ha messa al mondo.

Gianni Lacanti è, anche se sarebbe più accurato dire era, un diplomatico italiano che lavora per i governi che si alternano tra gli anni Settanta e Novanta alla guida del buffo Paese a forma di stivale. Fidatissimo ed efficiente stringitore di mani, chiude accordi di natura economica e politica in giro per il globo franco-anglofono permanendo pochi mesi in ogni destinazione. Ricordate i buoni rapporti con la Libia e Gheddafi dei governi democristiani? O l'attività di ENI in Africa dopo la guida di Mattei? C'era anche Lacanti: apriva porte che d'abitudine sarebbero rimaste chiuse a doppia mandata, sapeva muoversi tra caffè e ricevimenti con la stessa disinvoltura con cui passeggiava nei mercati assieme al potente di turno, guidando delegazioni che molto spesso di ufficiale ancora non avevano niente. Non conduce missioni da 007, badate bene, ma certamente sa come trattare le persone, persuaderle, portare a termine contratti in cui l'etica è lasciata fuori dal tavolo e dormire sogni tutto sommato sereni.

Parigi, si sa, è la città dell'amore e il signor Lacanti nei primi anni Ottanta frequenta spesso la città, dove in molti parlano già di Europa unita e integrazione tra popoli, lingue e monete. Nel 1982 viene trasferito a tempo indeterminato nella capitale francese grazie al suo buon gioco di amicizie romane e anche, a onor del vero, in virtù di una carriera impeccabile e di una certa simpatia suscitata tra i più influenti membri dei governi che si alternano sotto la guida di Mitterrand.

Pochi mesi dopo il trasferimento a Parigi conosce Marion Daynès, attivista per i diritti umani legata all'estrema sinistra che poi genererà i Red Warriors, pittrice di rilevanza cittadina e – per completare il curriculum – barista del café all'angolo tra Boulanger e République, che il quasi quarantenne Lacanti frequenta giornalmente con il proprio trench alla moda e le scarpe lucide. Il brillante diplomatico e la riottosa Marion fanno di tutto per odiarsi: lui rimanendo sempre distaccato dietro il proprio macchiato, croissant e giornale, lei facendo scendere dalle labbra un poco di saliva nel suo caffè quando lui è distratto. Un odio puro e cristallino, figlio di una città che viveva profonde spaccature: c'era chi cercava di sbarcare il lunario con la propria arte e chi entrava accompagnato nei palazzi del potere.

Non è interessante sapere come cominciano a frequentarsi, fatto sta che, tra feroci litigate e notti di passione, Marion, senza accorgersene, passa sempre più tempo nel modesto appartamento di Gianni, scoprendo che dietro la facciata del chirurgico diplomatico c'è un uomo di grande cultura e poco attratto dagli eccessi che la sua professione potrebbe concedergli. Dal canto suo, Gianni scopre che i furori riottosi di Marion non sono legati solamente alla sua giovane età, ma a una vita che ha fatto di tutto per accrescere la sua rabbia, educata da libri e passioni che la facevano sentire libera.

Quella da cui è nata Michelle è una relazione mai tranquilla, in cui i caratteri burrascosi dei genitori finiscono sempre con il mettere a rischio la felicità domestica. Dopo tre anni di relazione, Gianni e Marion si accorgono che il salto della quaglia, il conto dei giorni fertili e un appetito sessuale mai flesso possono portare a una gravidanza. L'estremo progressismo e le posizioni pro-aborto di entrambi sopravvivono in casa per pochi giorni, fino a quando Marion non confessa che l'idea della maternità le piace e constata che: «Gianni, ormai hai quarantadue anni».

In quella turbolenta serata del 3 ottobre 1985, Marion e Gianni stanno cenando silenziosamente dopo l'ennesima discussione su Mitterrand e la destra francese quando le acque si rompono. Dopo un travaglio inaspettatamente breve, Michelle viene al mondo. Prima e unica figlia della coppia, frequenta le scuole pubbliche del quartiere e poi della città senza che i genitori si lascino sedurre da istituti privati; gli amici di famiglia, tra artisti e diplomatici, improvvisamente sedotti dall'arrivo della piccola, creano per lei un ambiente vario e stimolante. Michelle frequenterà tutte le sottoculture disponibili, sverrà dopo la prima canna, porterà a casa fidanzati discutibili. Il bilinguismo e una media del 29,3 alla Sorbonne le garantiscono l'accesso al programma Erasmus e – contro il parere della madre, che l'avrebbe voluta in qualche college d'oltremanica, in uno slancio che la stessa Michelle non si farà mancare di giudicare "classista e borghese" – decide di proseguire gli studi a Roma.

Studentessa modello, ma anche capace di godersi la vita e gli uomini, è odiatissima dalle colleghe che faticano su almeno uno dei due fronti; è la classica ragazza all'apparenza perfetta che nessuno vorrebbe come amica. Fortunatamente per Michelle, malgrado il suo bisogno di relazioni umane sia stato sempre più basso della media, le amicizie non mancano in Francia come in Italia.

Nello stesso giorno in cui firma il suo primo contratto da giornalista per una piccola testata parigina, sua madre le comunica che, stanca della vita della metropoli, si trasferirà permanentemente nella casa al mare della fu famiglia Lacanti, che si trova a Ortigia, in Sicilia. Michelle si ritrova così a vivere nella casa della propria infanzia. Il padre non c'è più e la madre l'ha "abbandonata" in favore del clima temperato del Mediterraneo. Nei tre anni successivi si butta a capofitto sul lavoro e riduce all'osso ogni altra attività sociale; si fa rapidamente strada in un mondo come quello del giornalismo, dove la gioventù non è mai ben vista e i baroni sono assai saldi nelle loro poltrone. Approdata alla redazione di «Libération», dopo qualche mese viene introdotta da amicizie comuni al caporedattore di «Le Monde» il quale, su suggerimento di alcune fonti ben informate, le consiglia di lavorare a un'inchiesta su un tale di nome Christian Shepard.

Ed è così che Michelle Lacanti è finita in questa storia.

12

Il Dottore e il Generale

Vevey

Acceso, spento, acceso. Tre passi in avanti. I piedi perfettamente posizionati in un immaginario limite tra i bordi delle piastrelle del pavimento. Giù i pantaloni. Occhi chiusi. Stima mentale delle dimensioni e del peso. Pochi secondi per riprendere il respiro normale e poi lo sguardo filtra tra le cosce: sembrava molto meno. Carta igienica, primo giro: immacolata. Secondo e terzo giro di routine, obbligatorio. Doccia tiepida. La temperatura è data dall'angolazione del rubinetto, la cui estremità si deve sovrapporre perfettamente al bordo del buco dello scarico, guardandolo con l'occhio destro chiuso, dopo aver appoggiato la fronte al centro della seconda piastrella esagonale partendo dal rubinetto stesso. L'acqua scende dolce, il getto colpisce il punto esatto del capo dove i capelli prendono tutte le direzioni possibili.

Il Dottor Negroponte pensa al progetto. La sua vita è automatizzata in ogni piccolo dettaglio per permettergli di dedicare ogni secondo al suo lavoro. Nulla può essere lasciato al caso, niente può essere diverso dal giorno prima, il corpo non è altro che una macchina che trasporta un pensiero e il pensiero può essere libero solo se la macchina è autonoma, non si può certo perdere tempo nel comandarla.

Nell'armadio: 22 paia di mutande e calzini dello stesso modello, 22 maglie bianche dello stesso modello, 8 paia di pantaloni dello stesso modello, 8 giacche estive e 8 giacche invernali dello stesso modello. Ogni 3 settimane, la domenica sera, il rito dell'osservazione ipnotica dell'oblò della lavatrice della lavanderia a gettoni sotto casa.

Accanto, il bar della colazione: panino al formaggio, succo d'arancia e caffè.

«Buongiorno.»

«Buongiorno.»

«Il solito?»

«Sì, grazie.»

Tre morsi al panino, un terzo di bicchiere di succo, due morsi, un altro terzo di bicchiere, ultimo morso, ultimo sorso. Caffè.

«Arrivederci.»

«Arrivederci.»

Il barista si è ormai rassegnato all'automazione del Dottore, dopo cinque anni in cui tutte le mattine le parole pronunciate sono state: «Buongiorno, un panino al formaggio, un succo d'arancia e un caffè, grazie e arrivederci» è diventato superfluo sperare in un qualcosa di più.

La passeggiata fino alla base operativa è condotta nel pieno rispetto delle regole del codice stradale, garanzia di incolumità solo in Paesi come la Svizzera o il Canada. Il pensiero è sempre al lavoro e il corpo lo sta finalmente raggiungendo.

Arrivato in sede, il grande ascensore trasparente non è altro che un ennesimo momento per rielaborare i piani di lavoro della giornata. Venticinquesimo piano, ore 7 in punto. Il Generale, ovviamente, non è ancora arrivato. Nell'attesa, lo sguardo del Dottore volge verso il lago, alcuni passi verso i finestroni, le mani dietro la schiena, nuvole sottili, montagne ingiallite da un sole freddo, un motoscafo che ronza in lontananza, il telefono che squilla.

Il telefono che squilla?!

Capita raramente e ogni volta è un evento destabilizzante nella routine del Dottore, che viene colto da un insolito senso di agitazione, sudore freddo e gola secca. Quel numero di telefono lo conoscono solo lui, il Generale e il Capo. La cornetta gli scivola dalle mani e finisce per terra, l'istinto – che non possiede – lo porta a sdraiarsi sul pavimento e avvicinarsi con bocca e orecchio alle estremità dell'apparecchio.

«Pronto?»

«Dottore?»

«Sissignore, buongiorno signore.»

«Buongiorno a lei, Dottore, ho chiamato per avere aggiornamenti.»

«Procede tutto secondo i piani, signore, allo stato attuale siamo al 62,4 per cento dello sviluppo del database, anche se sappiamo che questa non è una misura stabile a causa dei tassi di natalità e mortalità, soprattutto per i problemi di accessibilità...»

«Per quello non si preoccupi, ci stiamo pensando noi. I termini di consegna rimangono quelli prestabiliti?»

«Se tutto continua ad andare per il meglio, signore.»

«Molto bene. E il Generale? È lì con lei?»

«Credo stia arrivando, signore. È sempre in ritardo di qualche minuto.»

«Ne abbia cura, è una risorsa molto importante per noi. Lo ritiene affidabile?»

Il Dottore ci pensa un po' su e nel frattempo nota che l'ascensore è arrivato di nuovo al venticinquesimo. Il Generale appare sulla porta e lo vede lì, prono sul pavimento, accanto alla cornetta del telefono.

«Sì, signore, non si preoccupi.»

«Bene, buon lavoro allora e mi raccomando: riservatezza. Buona giornata.»

«Buona giornata a lei, signore.»

Il Generale, imperturbabile con i suoi occhiali da sole, si dirige verso la scrivania, si siede e sorridendo si rivolge al collega, ancora sdraiato a terra.

«Immagino che fosse il Capo al telefono.»

«Sì.»

«Non crede di eccedere in reverenza?»

Il Dottore si rialza in piedi, riposiziona il telefono perpendicolarmente al lato lungo della scrivania, raggiunge la sua postazione, raddrizza una matita e un piccolo bloc-notes di modo che siano perfettamente paralleli e si siede.

Lo smunto Dottore è l'esatto opposto del suo imponente socio Generale. Non solo fisicamente, ma partiamo da qui. Il Dottore è un omino sul metro e sessanta per pochi chili, distribuiti perlopiù nel cranio. I suoi occhi minuti sono ingigantiti da spesse lenti, pochi capelli bianchi ai lati della testa circondano la sproporzionata e quasi comica pelata. Il Generale è invece un omone grande e grosso, alto quasi due metri, supera il quintale e concentra il proprio peso principalmente nella pancia, dove ogni sera riversa litri di alcol di vario genere.

È il Dottore a rompere il silenzio.

«È andato al bar ieri sera, eh?»

Rompipalle.

«Sì, a bere una birretta per rilassarmi un po'.» Anche se sarebbe più corretto dire una decina di birrette.

«Sembra che si sia bevuto la Germania, per come è conciato e dalla puzza che emana.»

Appunto.

«In effetti non mi sento tanto bene, ma sono comunque in grado di lavorare. Dobbiamo portare a termine la prima fase entro i termini prestabiliti.»

«E allora poteva pensarci prima di ubriacarsi come un'oca.»

«Le oche bevono?»

«Le fanno bere con l'imbuto per fargli esplodere il fegato e ottenere il foie gras.»

«Ma pensa.»

«...»

«...»

«Vogliamo metterci al lavoro, dunque, Generale?»

«Certo, da che punto riprendiamo?»

«Utari, Eric.»

Entrambi si mettono davanti al loro schermo per un'altra giornata di lavoro intenso: per loro la causa è più importante di tutto, di ogni aspetto della vita effimera dell'uomo comune, delle gioie terrene. Loro sono lì per fare la Storia, per salvare il futuro dell'umanità intera.

Il Generale ritrova la concentrazione, fa un lungo sospiro e inizia a digitare sulla tastiera: "Foie gras".

13

La famiglia, il lavoro, la fede

Bologna

Va detto che Rosa ed Ermanno sono due genitori tutt'altro che severi. L'essere riusciti a creare un piccolo stato di benessere per la loro famiglia, partendo da zero e con il sudore della fronte, non li ha resi esigenti o pieni di aspettative. Sono due anziani signori, semplicemente soddisfatti della loro opera di costruzione di una solida base per la libertà e la felicità dei propri figli. Il più grande è architetto a Parigi, primo laureato del suo albero genealogico e portabandiera del popolo dei cervelli in fuga. Mentre il secondogenito pare essere, per così dire, ancorato alle tradizioni e pervaso da un sentimento patriottico, visto che a trent'anni ancora difende il suo privilegiato territorio: un appartamento ereditato dai nonni sotto casa dei genitori.

Tradizioni e patriottismo in realtà non c'entrano niente, ma va detto che Zeno ha un buon rapporto con Rosa ed Ermanno, gli è riconoscente ed è consapevole della sua fortuna, per cui riterrebbe una mancanza di rispetto il non avvantaggiarsi dei beni di famiglia. D'altra parte siamo in Italia, non c'è il welfare, c'è la famiglia. Paese che vai usanze che trovi, Paese che stai, uguale come sopra. Senza contare i benefici sulla salute: un'alimentazione corretta sotto forma di Tupperware ricolmi di cucina casalinga, la pulizia dell'appartamento a opera di una presenza mistica che, senza farsi vedere né sentire, tira a lucido le superfici e fa il bucato. E poi ci sono i microprestiti a fondo perduto. Va tutto abbastanza bene, insomma. Certo, dare un senso alle giornate è impresa quotidiana, ma Rosa ed Ermanno non sembrano intenzionati a spronare il giovane a una qualsiasi forma di attivismo. Forse hanno paura di restare soli, visto che adesso rimane solo Zeno, lì sotto, da coccolare e voler bene.

«Zeno, le vuoi due polpette al sugo?»

«No, mamma, sto uscendo.»

«Va bene, allora te le metto in frigo così te le mangi poi.»

«Sì, ma non esagerare eh.»

«Va bene, papà non le può mangiare che c'ha un po' di gastrite, sai il Bologna ha perso.»

«Sì, lo so bene, ero allo stadio. Oh papà, il rigore per la Juve ovviamente non c'era ma lo sai come sono quelli.»

«Be', sei andato allo stadio senza dirmi niente?»

«Ma se non ci vieni mai!»

Babbo Ermanno è un artigiano in pensione. Lavora il legno ma anche il ferro, costruisce mobili, porte, cancelli, cose. Tutto con le sue mani, tutto su misura, alfiere di un mondo che sta scomparendo sotto l'abbattimento dei prezzi delle grandi multinazionali della falegnameria. La bottega ha chiuso con lui. Zeno aveva dimostrato, in passato, interesse per ereditare un lavoro e una passione, ma Ermanno si era messo di traverso. «Tu devi studiare, Zeno.» E allora giù di soldi per le rette universitarie e le birrette con gli amici e le ragazze e i concerti e insomma la bella vita di chi studia per sport. Grazie, papà. Veramente. Ogni tanto glielo diceva: «Grazie mamma, grazie papà, senza di voi non mi sarei goduto la vita».

«Sì, non saresti neanche nato, se è per questo.»

Così rispondeva il padre, che aveva sempre voglia di scherzare dicendo verità inconfutabili. Mamma Rosa invece si preoccupava il giusto di quello che faceva suo figlio la sera, quando tornava tardi, ma non diceva niente, per paura di farlo arrabbiare, di farlo scappare.

«Ma dove vuoi che vada, mamma?»

«Le vuoi due lasagnette?»

Zeno trova quindi l'unica sponda per un confronto attivo e costruttivo nell'amico Genio. Che sì, è un po' una testa di cazzo, ma è anche l'unico che gli dà del filo da torcere quando si parla del senso della vita.

«Be', com'è andata oggi?»

«Ho lavorato come un cinese, diobono, ho caricato una balotta di dodici kazaki ubriachi e li ho portati a fare il giro eno-turistico-eno-gastronomico dell'Emilia. Un macello. Però oh, sossoldi. Te invece? Pugnette come al solito?»

«Solo una, appena sveglio, pensando a tua madre. No, ho deciso di cambiare un po' il format del mio blog e di iniziare a parlare di cose vere, cose che succedono non solo nella mia testa.»

«Oooh! Basta pippe? Un piccolo passo per un uomo, un grande passo per la riproduzione della specie.»

«Sto cercando di fare qualcosa che mi piace, non come te che avresti sempre voluto fare il DJ e invece porti in giro i kazaki ubriachi.»

«Però io posso offrirti da bere.»

«E io posso accettare di buon grado.»

14

L'incoscienza di Zeno

Nella mia testa

Vedete, quando torno a casa di notte, che io abbia bevuto molto o poco, penso. Penso a come sono fatto, alle cose che mi succedono e che in qualche modo ruotano attorno alla mia vita. Alle volte sono lontanissime, distanti fisicamente e filosoficamente da me, eppure le ricerco con i pensieri, tento di entrarci dentro e percorrerle per trovare nuovi appigli che mi portino un po' più in alto nella mia personale ricerca dell'ignoto. Sbagliando, rifacendo, cadendo più in basso ancora o stupendomi da solo delle buone cose pensate. In verità però non è sempre così. Come tutti, penso molto alle cose che ho vicine: il Genio, i miei amici, babbo e mamma, la mia vita fatta di cose piccole di cui mi sono circondato negli anni e che ora occupano tanto spazio e – da piccole che erano – sono diventate importanti. Centrali.

Stasera sono tornato a casa in auto con due amiche, ero uscito a piedi nel pomeriggio e pensavo di tornare per cena per poi prendere la bici e andare al solito bar, ma nel tragitto verso l'autobus dopo i miei "impegni" pomeridiani sono stato assorbito in chiacchiere, altre chiacchiere e passeggiate nel centro di Bologna che si rianimava dopo l'estate. Stappare birre e cuocere spaghettate in case che hanno visto già cento inquilini e ne aspetteranno altrettanti negli anni a venire. Ho pensato a quanto tempo ho investito e quanto spesso l'ho perso dietro a migliaia di parole con persone conosciute per caso, compagni sconosciuti di una sera soltanto, persone che per un po' mi somigliavano, con cui somigliarsi e poi placidamente perdersi. Molto, moltissimo tempo.

Sono uscito da questa casa dai muri reimbiancati per l'ennesima stagione universitaria, l'odore di carbonara mediocre ma perfetta per l'occasione che riempiva la cucina e il corridoio, le porte delle camere saggiamente chiuse di cui non saprò mai l'arredamento, da cui non trasparirà mai l'anima dell'inquilino con le sue passioni e le sue paure, i suoi ricordi a tenerlo vicino a una casa natale rimasta chissà dove. Sono uscito da questa casa che si sommava a tutte le case precedenti: alle persone già viste, alle situazioni già vissute, i come stai, i cosa fai, è davvero una merda Bologna con le sue ordinanze e le serate al Locomotiv, al Covo, all'Estragon, all'Arteria, da Luca, da Max, da Beppe, al Pratello, le macchinate per il Link, l'attesa dell'estivo a Bolognetti o BOtanique o qualche altra minchiata che come ogni cazzo di anno si ripresenta a succhiarti i soldi e convincerti del fatto che l'inizio della merda parte da te che ti lamenti da anni della merda altrui. Attraversare via delle Moline e la libreria, parte di Zamboni e sbucare sotto le due Torri: ignorarle. I metri identici di Strada Maggiore o di via San Vitale che assorbono i reietti in fuga dal centro romano verso le periferie del Novecento e l'edilizia compagna e un po' cialtrona delle strade tra Murri, Mazzini, Massarenti e San

Donato: una fetta di torta cittadina che insiste sulla rossa Bologna medievale con le sue strade postcoloniali prima abitate da calabresi, campani, pugliesi e poi da marocchini, algerini, congolesi, gente arrivata da Bangladesh, India, Cina e chissà quale altro cazzo di Stato, in una fuga eterna, sempre più lontani dal pullulare di vita da matricole, di pierre per una serata del cazzo al SodaPops in mezzo a Erasmus spagnoli a tenere alta la bandiera della feccia della terra, in risposta all'Erasmus italiano in giro per l'Europa, a cucinarsi la carbonara malinconica e agghiacciante mentre fuori cacciano lo gnu. Ma lo gnu non lo mangia, perché mamma non lo cucinava e le fighe bionde che qui a casa sua non lo guarderebbero mai, mai e poi mai, davanti alla tristissima carbonara da Nemo profeta in patria si sciolgono le trecce.

Ed è nell'esatto istante in cui mi perdo nei miei pensieri, salutate le mie adorate e gentilissime amiche e a poche centinaia di metri da casa, che penso che sono io. IO. Lì mi carico del peso del mondo, mi accuso, mi giudico e possibilmente eseguo la pena di morte per decapitazione nella speranza di non essere un parente strano delle lucertole e non avere una ricrescita del capo, onde evitare il riproporsi delle minchiate. Lì mi rendo conto di quanto ogni cosa fatta sia stata per molti versi inevitabile, persino le cazzate più grandi, i dolori peggiori inflitti, gli sprechi e le cose migliori, persino quelle che davvero non potevano dipendere da me. Io, sempre io, dipenderò sempre da me. Penso da quanto tempo non mi appassiono davvero a qualcosa, all'ultimo disco comprato, libro letto, film o telefilm guardato, nessuno in cui ho lasciato un pezzetto di cuore. Penso da quanto tempo non mi innamoro, che mi pare di aver blindato tutto per lasciare lo spazio minimo di quelle cose piccole di prima. E il resto rimanga fuori, va bene.

Poi mi sono messo una mano in tasca e ho trovato l'invito per questa assemblea. Ci parla un certo Savataferle: con un nome così un'idea buona ce l'avrà pure, no?

15

Antifa e schiaffoni

Bologna

L'appuntamento per andare all'assemblea con questo Savataferle, Genio e Zeno se lo sono dati a un bar quasi sotto le due Torri.

«Io da quelli non spendo neanche dieci centesimi» ha chiosato Genio mentre Zeno gli spiegava che era solo un modo per darsi una coordinata spaziale. «Poi c'è Feltrinelli lì che fan merda pure loro!»

Alle volte con Genio era più una guerra che un'amicizia, o una guerra camuffata da amicizia o viceversa. Zeno era confuso al riguardo, sapeva volergli comunque molto bene e sopportava il socio per quello che era: un brontolone.

«Alé!»

«Alé.»

«Be'? Quella faccia?»

«C'ho i cazzi, Zeno, mollami.»

«Anche meno eh.»

«Anche meno cosa?»

«Ce li abbiamo tutti, i cazzi, capita.»

«Ok.»
«Ok.»
«Non so, vuoi restare qui a fissarmi tutto il tempo?»
«Dài però, che pesante che sei.»
«Eh oh.»
«Puoi sempre provare a uscirne.»
«Posso anche godermi il mio amato brodo.»
«Puoi anche fare bungee jumping dalle due Torri, magari ti fanno un applauso.»
«Non capisco il punto.»
«Che rimanere immerso nella tua merda non ti servirà da concime.»
«Come sei figo, Zenuccio, hai riletto *Fight Club*? Metterti le piume nel culo non farà di te una gallina e cose così?»
«Ma va' in culo!»
«Ma vacci tu!»
«Pastis?»
«Con acqua frizzante, grazie.»
La parte complicata della faccenda non è evitare che Genio si crogioli nel proprio dolore: Genio passa ore, se non addirittura giornate, godendosi i propri umori, siano essi positivi o negativi, aspettando che tutto si trasformi come ha imparato da Lavoisier alle superiori. La parte difficile è estirpare un pensiero dalla sua testa: ogni pensiero, dal più piccolo e semplice al più grande e complicato, sembra radicarsi in profondità nel labirinto mentale che lo governa. Questo porta ad avere una persona dalla velocità di pensiero notevole e che riesce a dissertare improvvisando su moltissime faccende dello scibile umano, ma che non riesce ad abbandonare ciò

che sarebbe – secondo logica – arrivato il momento di abbandonare.

L'oggetto del malumore di Genio da un paio d'anni è Claudia. Può un uomo dall'intelligenza vulcanica come Genio restare per due anni a corrucciarsi per una storia d'amore finita? Può, come tanti uomini normali, può. E così uscire e andare occasionalmente a un'assemblea è solo un altro modo per ricordare al mondo che Claudia gli gira ancora tra quei pensieri labirintici e che a distanza di tempo lo intristisce comunque. Per questo motivo Zeno, senza saperlo dire davvero all'amico, muore un po' dentro e non sa che pesci pigliare.

L'atavica pigrizia di Genio ha portato in stallo una relazione che dopo alcuni anni avrebbe potuto ancora dare tanto, lavorandoci con costanza e cercando di rimettere a nuovo molte cose. Ma se tutto si trasforma come deve trasformarsi allora, evidentemente, le cose dovevano finire così. Ma tra l'accettare un fenomeno e l'accettare i suoi risultati c'è molta strada in mezzo e Genio, quella strada, fatica a percorrerla fino in fondo.

«Ma quella con cui ti ho visto mentre passavo in motorino in Oberdan l'altro giorno?»

«Una zappa miracolosa, roba da far incazzare i santi.»

«Vabbe' ma mica devi sposartela, mi sembrava anche in forma.»

«Aveva delle bellissime forme da caramella, ma è iscritta ai Giovani del PD.»

«Ahia.»

«Eeeeeh.»

«Vabbe' anche noi eravamo vicini a Sinistra Giovanile alle superiori.»

«Zeno, 'sta qua ha ventisei anni.»
«Porcodio che schifo!»
«Vedi?!»

16

L'assemblea

Via Zamboni, Bologna

Come può essere così? Secondo quale logica una persona può essere come lei? Forse è qui per metterci alla prova, è stata mandata da un popolo alieno desideroso di conoscerci per capire se siamo all'altezza, per studiarci, per vedere come reagiamo all'impossibile.

Perché per Zeno quella donna è impossibile, non può semplicemente esistere, appartiene al mondo dei sogni, alla quarta dimensione. È evidente che non sia reale, il suono della sua voce possiede infrasuoni e ultrasuoni, frequenze inudibili all'uomo, che modificano la percezione dei lobi del cervello e rendono vano ogni tentativo di comprensione senza però suscitare sconforto, un suono che ti avvolge, ti culla senza mai farti addormentare, come in quello stato di dormiveglia dove si ha costantemente la sensazione di inciampare. Il suono del silenzio, il suono del vuoto, un vuoto pieno di niente. Si galleggia, in quel suono, si può vivere e morire senza notare la differenza, si può disegnare un pensiero e cancellarlo con l'aria, si può disegnare l'aria e cancellarla con un pensiero, si può dormire, ma non lo si fa per mantenere vivo il dubbio che tutto sia effettivamente vero, o falso. Costante, inevitabile, fermo, dinamico, un'esplosione senza rumore, pura pressione sonora. Vibrazione tagliente, sibilo impercettibile, tremolio tra il timpano e la pupilla, energia nervosa ridotta alla sua rappresentazione più microscopica. Quel suono è tutto quello di cui c'è bisogno e contemporaneamente la paura che non ci possa essere. Quel suono è desiderio.

Sono passati pochi minuti da quando Zeno ha varcato la porta dell'aula 3, pochi minuti di cui, evidentemente, non ci ha capito un cazzo. Le parole perdono di senso quando a pronunciarle è una voce come quella.

«Lo stesso governo che promuove politiche del lavoro che hanno il solo scopo di favorire l'incremento di questa fantomatica produttività, tralasciando il benessere reale, quello dell'individuo e della comunità. La felicità è la libertà di un cittadino di poter fare quello che lo rende felice, non è il PIL, non è un'automobile venduta in più. Una buona politica del lavoro deve essere fatta per tutelare il benessere, non la produttività. Ma ho già parlato troppo, lascio la parola a Giuliano, che è del mestiere, e magari può darci qualche spunto un po' più pratico sulla questione.»

«Sì, ti ringrazio, Eleonora, per la brillante introduzione che mi permette di arrivare subito al punto, lavorare è un diritto e come tale...»

Eleonora. Dieci minuti di poesia politica su welfare, lavoro e libertà e l'unica cosa che Zeno ha capito è il suo nome, e solo perché pronunciato da un'altra persona. E nonostante quel suono abbia smesso di ipnotizzarlo, il problema è sempre lì, davanti ai suoi occhi. Lei muove lo sguardo con intervalli irregolari verso la platea, poi su un foglio che ha davanti a sé sulla scrivania, poi sull'oratore, poi di nuovo sulla platea, movimenti del capo lenti e inesorabili, la chioma nera, riccia e indomabile le copre solo i lati della fronte, dietro la quale, sicuramente, si nascondono verità sui più grandi misteri dell'universo. Sembra quasi che si muova al rallentatore per permettere a tutti di ammirarne la bellezza. Anche le palpebre si aprono e si chiudono lentamente, il tempo necessario per provare il desiderio di rivedere quegli occhi, neri, proprio come quelli di Zeno, che la sta guardando con l'espressione che ha un bambino la prima volta che vede il mare, o uno specchio, o la propria ombra. Eleonora è probabilmente la ragazza più bella del mondo e l'ineluttabilità di questa consapevolezza rende Zeno calmo e sorpreso allo stesso tempo. Un ebete.

Le labbra, sottili e un po' sporgenti, socchiuse in modo impercettibile, sembrano sempre in procinto di dischiudere quel suono meraviglioso e producono lo stesso effetto della vista di una lasagna dopo un mese di digiuno.

Non può essere così. Non esiste.

Il giuslavorista Giuliano Savataferle parla ormai da un quarto d'ora di questo nuovo contratto intermittente a chiamata di formazione a termine di progetto, co.int.chi. for.te.pro., per gli amici: contratto di merda. La platea è equamente divisa tra chi mostra interesse e gli amici di quelli che mostrano interesse. Zeno è in trance, ignorando Genio che gli siede accanto.

«Chi è quella là?»

Zeno non risponde, non sente, non è vivo.

«Oh, Zeno ribeccati! Ti ho chiesto: chi è quel figone lì?» fa Genio dandogli una gomitata sul braccio.

«Ahia cazzo, cosa vuoi? Chi sei? Quando sei arrivato? Eleonora si chiama, non rompere.»

«Mi vorresti dire che stai ascoltando il maestro Pregadio con così tanta attenzione da non riconoscermi e non considerarmi?»

Savataferle, in effetti, è il sosia del maestro Pregadio. Zeno, con compostezza e determinazione, si volta verso l'amico.

«Tu non capisci, non puoi capire.»

«Guarda, in questo momento so solo che a lei lì le darei giù molto volentieri.»

«Stai zitto, maiale.»

«Zeno, stai bene?»

Il resto del dibattito fila via liscio, più o meno la metà degli amici di quelli che mostrano interesse se ne sono andati, sono rimaste una trentina di anime sognatrici e rivoluzionarie. Si scambiano le ultime opinioni sul tema, che sul momento sembrano risolutive, ma che il giorno dopo potrebbero essere considerate reazionarie. Eleonora chiude il dibattito ricordando l'appuntamento settimanale del collettivo, che si riunisce tutti i lunedì alle 17 al TPO.

Genio, rimasto in silenzio per rispetto della demenza dell'amico, prova a resuscitarlo.

«Io ci andrei solo ed esclusivamente per provarci con lei.»

«Dove?»

«Alle riunioni del collettivo?»

«Quali riunioni?»

«Tu sei sicuro di star bene?»
«Benissimo. Chi? Dove? Quando?»
«L'ha appena detto, rincoglionito.»
Solo una volta usciti per strada sotto il portico di via Zamboni, Zeno riacquista l'uso del suo intelletto.
«Io la amo.»
«Ah ecco. No, io no, mi sta anche un po' sul cazzo, però come ti ho già detto le darei giù volentieri.»
«Non ci provare.»
«Agli ordini.»
«Mi sa che andrò alle assemblee.»
«Io, se non ho la possibilità di provarci con quella, cosa ci vengo a fare?»
«No, devi venire, mi serve un interprete.»
«Senti, vuoi che ti porti al pronto soccorso? Guarda che parla italiano!»
Nel frattempo Eleonora esce dal portone della facoltà insieme al maestro Pregadio, parlano ancora del contratto di merda. Si allontanano camminando verso porta San Donato. Zeno e Genio la osservano mentre si allontana, leggera e decisa, un passo dopo l'altro, movimenti lenti, il vestitino a fiori in toni pastello rivela i polpacci nudi sopra le Converse e nasconde le cosce agli sguardi pieni di desiderio. Poco più su, il colpo letale, il punto di non ritorno, la visione mistica e rassicurante della prova dell'esistenza di una divinità superiore. Ci mancava solo questo.
«Zeno vamolà, c'ha pure un gran culo!»
Non può essere. Non esiste.

17

Che c'è da fare stasera?

Bologna

La settimana scorre tranquilla fino al venerdì sera: ci sono i Liars che suonano al Locomotiv e insieme a Zeno e Genio ci sono gli amici di sempre, la balotta storica in libera uscita; chi dalla fidanzata, chi dalla convivenza, chi addirittura da moglie e figli. C'è il Bonzo, che dopo aver passato gran parte dei suoi vent'anni a bere qualsiasi cosa, farsi di qualsiasi cosa, andare a qualsiasi festa, concupire qualsiasi essere vivente, aveva deciso di sistemarsi con una ragazza perbene e soprattutto inconsapevole di tutto quello che lui aveva fatto. Un nuovo inizio pulito. Un cane di nome Botta per ricordarsi dei vecchi tempi e un bilocale in Bolognina dove far finta di essere una persona a modo per il resto della sua vita. Ha un sorriso malinconico, il Bonzo, ma sembra essere felice. C'è Giovanni, detto Vanni, detto Giò, più spesso detto "vecchio ripigliati" per il suo saper essere sempre tra le nuvole anche nei momenti più concitati. Dev'essere per questa sua caratteristica che, a un certo punto della vita, si è ritrovato con due figli e una moglie scema.

E poi c'è Cavolo, lo straight edge del frikkettonesimo. Da quindici anni mangia praticamente solo radici e beve tisane fatte con le radici, «le radici sono importanti» dice. Vive in un podere ad autosostentamento energetico nella Val di Zena e cambia morosa abbastanza spesso senza rimanere mai solo. Si vede che sono molte le ragazze affascinate da una vita immersa nella natura, e altrettante sono quelle che si rompono le palle dopo mesi di sole radici.

Zeno e Genio sono gli unici reduci dei vent'anni ancora alla ricerca della bellezza, ancora persi senza uno scopo definitivo.

Dev'essere il quarto o il quinto concerto dei Liars che vedono, ma il vero motivo per cui sono lì, a parte rivedere i vecchi amici, non è certo assistere all'esibizione della band.

«Chi è quella lì?»

«Ah, però...»

«Mi sa che è accompagnata.»

«Chi è quella lì?»

«Dài, Genio per favore, ci sarà il babbo fuori che l'aspetta.»

«Non mi dai soddisfazioni. Oh, Vanni, chi è quella lì?»

«Chi?»

«Se ciao. Bonzo, tu che sei uomo di mondo, chi è quella lì?»

«Ah! Se ancora mi drogassi sarebbe perfetta...»

«Oh regaz, dài mo! Va bene che ormai siete tutti accasati, a parte Zeno che, invece, è notoriamente eunuco, ma siamo qua per divertirci. Guardate il Cavolo e prendete esempio.

Il Cavolo è al bancone del bar e una giovane e minuta ragazza mora lo sta intrattenendo con una certa animosità.

«Chissà come fa a essere sempre in buona compagnia, con quella faccia da lesso e quell'odore di torba che emana.»

«Dài, che stronzo che sei!»

«Ah ma sono stronzo io o siete stronzi voi? Che venite al concerto di una band che avete già visto venti volte e state lì a guardarvi in faccia? Almeno io mi diverto un po', sto qui a spizzare, cosa che consiglio anche a voi perché fa bene allo spirito.»

(Spizzare: osservare persone del sesso gradito con occhiate fugaci per determinarne il livello di apprezzamento estetico. Gesto spesso accompagnato dalla locuzione: «Chi è quella lì?» in caso di spizzate in compagnia.)

«Oh, Genio c'hai sempre ragione te, lo dico sinceramente, ma stasera non va proprio. Ci sono i ragazzi che non vedo da un po' e poi... poi comunque c'è un sacco di braga.»

Zeno si rifugia nella scusa più antica del mondo ma nella realtà la sua testa è altrove.

«Ma va' che te sei forte! C'hai ventott'anni e pensi di uscire la sera, giovane single di bella presenza, e passare il tempo a far compagnia a quei padri di famiglia ex tossici dei tuoi amici? Non sarà mica che ti stia venendo voglia di fidanzarti anche a te?»

«Io ne ho sempre avuto voglia.»

«Ma va a cagher valà!»

«E poi Eleonora.»

«Ma manco la conosci! E poi te lo dico: bella figa sì, ma meglio lasciar perdere.»

«Chi è Eleonora?»

Il Bonzo s'intromette nella conversazione, inconsapevole e annoiato, mentre Vanni continua a guardare il palco pensando ad altro. Il concerto è lontano. In effetti, se dovevano fare quattro chiacchere potevano restarsene comodi al bar.

«Mah, è una che abbiamo visto l'altro giorno all'università, siamo andati a questa assemblea perché Zeno deve scrivere un reportage sui movimenti per quel blog che non legge nessuno.»

«A parte che è la cosa più vicina a un lavoro nella mia vita, quel blog ha un botto di visite, sei tu che non lo leggi. E poi Eleonora non è "una", è "la ragazza più bella del mondo" e quando parla non capisco un cazzo.»

«Come se di solito capissi qualcosa. Ehi Giò, hai sentito che Zeno c'è sotto con una?»

«Chi?»

«Vecchio ripigliati! Dovete fare come il Cavolo, dico io!»

Il Cavolo non c'è più. E con lui è scomparsa la signorina minuta. Il concerto prosegue lineare fino alla sua conclusione. Genio ha provato a presentare ragazze a caso a Zeno, che con visibile imbarazzo ha sempre declinato sull'amico. Bonzo ha bevuto una birra ed è già ubriaco, Vanni guarda il suo telefono, poi alza lo sguardo e sentenzia: «È tardi, andiamo a casa».

«È sempre un piacere uscire con te, Vanni.»

Nel lasciare il locale, i ragazzi notano un'ambulanza parcheggiata e un po' di gente attorno. Sdraiato sulla barella, sveglio ma con la faccia rincoglionita, il Cavolo saluta gli amici.

«L'ho visto appoggiarsi al bancone e impallidire in

volto, poi dopo poco è caduto a terra svenuto» fa la giovane e minuta ragazza mora. Poi rivolgendosi a Zeno e agli altri: «Voi lo conoscete?».

«No, noi no» sentenzia prontamente Genio.

«Ma non vi ha salutato?»

«Ah sì, ma noi non lo conosciamo, sarà ancora un po' rincoglionito.»

«Allora è meglio che io resti con lui.»

«Sì dài, è meglio.»

«...»

Poco dopo i quattro si separano tra le risate generali; nonostante tutto, erano riusciti a combinare qualcosa per un amico.

«Vedi, a mangiar solo radici...»

«Ecco come fa a rimorchiare!»

«Dite che l'ha fatto apposta?»

«No, sono le radici.»

«Le radici sono importanti.»

18

La famiglia, il lavoro, la fede

Parte II

Bologna

La famiglia di Eugenio è un po' diversa da quella di Zeno, ma va detto anche che lui è più suscettibile ai repentini cagamenti di cazzo familiari. Un tempo comunistissimi, al limite dell'ortodosso, veri hegeliani di sinistra, antenati e parenti vari di Genio si erano rifugiati in una socialità chiassosa da taverna allargata, in cui dopo una sorta di periodo di prova chiunque (amici, colleghi, vicini, passanti) diventava di casa, telefonava all'ora di pranzo, passava quando voleva, condivideva i suoi problemi con tutti eccetera. Non necessariamente in senso costruttivo, diciamo, ma con un certo ottimismo di fondo.

Genio lavora col padre, insieme gestiscono una ditta di trasporto persone, auto blu, minibus. Un degno contrappasso per uno innamorato del motore a scoppio. Il capo, come lo chiama lui, ha servito l'azienda di trasporti pubblici locale per un bel pezzo, ma negli ultimi anni, per far fronte alla richiesta del figlio di lavorare per non rompere i coglioni, è passato all'attività in proprio. In proprio, be', tecnicamente a mezzo. Per rientrare nell'investimento iniziale girano continuamente per Bologna e dintorni, ai massimi consentiti dalla legge, e per evitare di imporsi orari di lavoro massacranti i due *professional driver* si alternano, incontrandosi praticamente solo nei ritagli di tempo, nelle pause da inventare tra un servizio, una gita e uno sbatto burocratico. Alla fine, Genio si è ritrovato con una forma di reddito e un'attività a suo dire socialmente emozionante. Va detto anche che nella vita avrebbe voluto fare il DJ, o occuparsi di musica in generale, solo che per pigrizia non ha mai imparato a suonare uno strumento. E, se glielo chiedi, lui ti risponde che va ai concerti solo per rimorchiare. A volte sembra che a tenerlo attivo sia solo una curiosità poliedrica, a casaccio, al limite di Wikipedia, di cui il suo amico Zeno è il primo interlocutore.

«Hai sentito l'ultimo degli Animal Collective?»

«Sì, sembra una canzone di Natale, però mi piace. Simpatici loro, son di Baltimora. Me l'ha detto una figa della John Hopkins, che è proprio di lì, di Baltimora. Non la tipa, la John Hopkins. Carina, un po' chubby. C'è nato anche Frank Zappa, lo sapevi te? Comunque simpatica, mi ero anche scordato che fosse di quell'università, altrimenti avrei alzato a manetta le notizie locali di Radio Città Fujiko.»

«Ma che roba gli fai ascoltare ai tuoi passeggeri?»

«Sempre la radio, cambio stazione a seconda di chi carico, a sentimento. L'altro giorno ho caricato dei regaz che andavano al concerto dei Napalm Death e ho messo Radio Maria. Mi fanno: "Puoi cambiare stazione?". E io: "Col cazzo, sono molto religioso". E loro: "Almeno puoi abbassare il volume?". E io: "Se volete vi faccio scendere qui".»

«E poi?»

«E poi niente, li ho portati al Parco Nord, li ho scaricati, mi hanno pagato e hanno voluto tutto il resto, capito? Neanche un po' di mancia, 'sti metallari. Nonostante l'intrattenimento.»

«Tu non puoi fare 'sto lavoro, Genio, tu devi fare il DJ.»

«E mandare a cagare chi viene in consolle e mi fa le richieste tipo la Rettore.»

«Anche le belle fighe?»

«Dipende se mi innamoro.»

«E se ti innamori?»

«Sicuramente non metto la Rettore, però cerco un modo carino per dirglielo e magari le offro da bere e poi chissà. Mi compro anche un paio di Clarks, così, per fare il signore.»

«Chissà che viaggi che ti fai.»

«Guarda che io viaggio per lavoro, sei tu che ti fai i viaggi mentali aggratis.»

19

Un piccolo locale fuori dall'Eurozona

Vevey

Arnaud, con il suo iPad appoggiato sul tavolo e una mano sopra come se fosse la Bibbia su cui fare un giuramento, ha già bevuto alcune birre e la sua parlata ha preso un ritmo sornione, la testa esegue leggeri movimenti rotatori e le pause sono piuttosto lunghe.

«... quello che voglio dire è che questo è un posto stupendo, ma purtroppo non possiamo rimanerci per sempre.»

«No, infatti credo che stiano per chiudere...»

«Ma no! Non il bar, quello chiude quando vogliamo noi, parlo del nostro pianeta, la Terra.»

Michelle sa di essere vicina a qualcosa di molto importante, la direzione è quella giusta. Ora, lei, deve essere più brava di quanto lo sia mai stata. La sua piccola mano si muove lentamente fino ad appoggiarsi con fermezza sul grosso polso peloso e gli occhi, permeati da un abilissimo ibrido di decisione e stupore, puntano quelli tronfi e socchiusi dall'effetto dell'alcol.

«Non ti capisco, Arnaud, cosa intendi dire?»

«Bisogna fare qualcosa! Ecco, non si può continuare a rimandare, ai nostri figli e ai figli dei nostri figli, il problema prima o poi andrà affrontato, questo pianeta ha una data di scadenza e anche se noi, quel giorno, non ci saremo più, dobbiamo comunque lavorare per permetterci di sopravvivere.»

«Ma non capisco, cosa vuol dire? Come si fa a sopravvivere da morti?»

Lei sorride con arguzia mentre il Generale si sofferma sulle piccole labbra rosse, sottili ma pronunciate dal contrasto con la pelle chiara. Quanti anni erano passati dall'ultima volta che, di labbra così, ne aveva potute baciare?

«Li conosci i Beatles?»

Michelle ha un sussulto e forse lascia trapelare un gesto di stizza. Non è certo lì per parlare dei suoi gusti musicali; credeva, ormai, di averlo in pugno. Ma bisogna essere pazienti: dopo tutte le serate passate a quel tavolo, con quell'uomo, se l'è fatto amico. Anzi, ancor di più: è riuscita a farsi desiderare.

«Certo, chi non li conosce? Ti piacciono?»

«No, mi fanno cagare, ma il punto è un altro. I Beatles non suonano insieme dal 1970, due di loro sono morti, ma nonostante questo, ancora oggi, tutti conoscono le loro canzoni. Perché?»

«Perché hanno avuto un grande successo...»

«Esatto e poi hanno inciso delle canzoni. Le canzoni una volta che le hai messe su un disco possono durare per sempre. Questa conversazione invece non arriverà a domani.»

Il pensiero di Michelle, accompagnato da un altro sussulto e da un brivido di panico, va al piccolo registratore portatile nella sua tasca, acceso. Il Generale incalza: «Cosa succederà invece ai millenni di storia, alle idee, ai ricordi, ai sentimenti, alla conoscenza dell'umanità una volta che dovremmo andarcene da questo pianeta? Te lo dico io: *puff*! Spariti! Ti ricordi la prima volta che hai visto il mare? O il crollo del muro di Berlino? Ecco, quando morirai, dei tuoi ricordi non ci sarà più traccia. E quando questa umanità si estinguerà? Quando la Terra non sarà più abitabile? Dove andremo? Ma soprattutto, chi e cosa porteremo con noi?».

«Arnaud, mi affascini sempre con i tuoi discorsi, ma io ancora non capisco alcune cose: per esempio, cosa fai nella vita? E perché passi tutte le sere nel solito bar a ubriacarti in compagnia di una noiosa rappresentante di cosmetici come me?»

«Diciamo che il mio lavoro è qualcosa di molto simile a incidere dei dischi, solo che non registro note e poi... e poi potrei farti la stessa domanda, Michelle, cosa ci trovi nel passare il tempo con un vecchio ubriacone misterioso come me?»

Dopo quella domanda, per andare oltre, per fare bene il proprio lavoro, Michelle sa che c'è una sola strada. La mano si stringe delicatamente al polso, gli occhi decisi si fissano sulle pupille del Generale. La voce si fa suadente ma timida: «Non lo so, Arnaud, ma credo di aver voglia di scoprirlo».

20

Zeno, coraggio!

Via Orfeo, Bologna

Ma tu dimmi perché, a trent'anni, ti ritrovi a dover pensare a queste robe qui. Va bene, le tue esperienze le hai fatte: manifestazioni, cortei, azioni dimostrative, assemblee affollate e riunioni con quattro gatti, occupazioni a sorpresa, occupazioni a termine, feste benefit, aperitivi di finanziamento, cene sociali, cineforum al freddo, incontri pubblici con personaggi pubblici senza pubblico; le hai viste un po' tutte. Hai conosciuto un sacco di persone, di compagni, alcuni un po' per gioco, altri un po' troppo seri. Gli anziani e gli sbarbi, i sognatori e i pragmatici, i distaccati e gli innamorati, quelli che ti cambiano la giornata con una frase, quelli che ti cambiano la vita con uno sguardo. Quelli che ti sei sempre chiesto cosa ci facessero lì, al freddo, in una ex caserma occupata, a parlarsi e guardarsi negli occhi sorseggiando vin brulé, senza sapere quale potesse essere lo scopo di tutto questo, l'obiettivo comune per il bene comune, il fine ultimo di tanta passione, sofferenza, attesa.

Un mondo migliore, certo, ma migliore per chi?

Per tutti, ovviamente.

Eppure ti è sempre sfuggito un passaggio: le persone non cedono così facilmente quello che la fortuna gli ha dato, e un mondo migliore per chi oggi sta male corrisponde a una piccola, insopportabile perdita per chi il mondo migliore già lo abita. E non lo sai se si parla di ricchezza materiale o di cultura. Non lo sai se è una questione politica, economica, culturale, psicologica, sociale, antropologica, filosofica. Una questione di classe, di eguaglianza, di sangue, di fascino, di passione.

Non lo sai.

Eppure ti ritrovi a rifletterci, subito dopo che avevi pensato che certe cose erano roba per ragazzini e sognatori. Perché?

C'è una cosa che ti ha fregato nella vita ed è la curiosità. È bastata una volta sola. Non bisogna per forza essere persone curiose in tutto e per tutto, basta un singolo episodio condito da quel desiderio di conoscenza. Una storia raccontata bene, il coinvolgimento nell'avventura del personaggio, magari qualcuno che conosci, magari un familiare, magari tuo nonno. Il racconto di tre notti passate nella cavità di un tronco in un bosco dell'Appennino, a nascondersi e aspettare rinforzi, una paura fottuta e la voglia di rivedere Elda.

«Perché l'hai fatto, nonno?»

«Perché avevamo scelto di essere liberi e quello era il prezzo da pagare.»

Ed è stato in quel momento che per la prima volta ti sei chiesto cosa volesse dire essere liberi.

E ancora non lo sai, non lo saprai mai, eppure ci pensi. Se tuo nonno non ti avesse mai raccontato quella storia, o un'altra della sua resistenza, tu ora non avresti questi pensieri resistenti, che non se ne vogliono andare. Continuerai a chiederti perché sei qui, perché queste assemblee che sembrano sempre tutte uguali continuano a risucchiarti. Oggi hai la scusa del lavoro, devi scrivere un pezzo, certo. E forse il fatto che quella Eleonora sia per te la ragazza più bella del mondo ha influito nella tua scelta di essere ancora qui, anche oggi.

Ma hai trent'anni. E sei seduto su una sedia da scuola elementare, fredda e senza schienale, al freddo di uno stanzone che un tempo era il dormitorio di giovani volontari obbligatori, a fare il giovane volontario antagonista e ascoltare le tante voci che si susseguono e si accavallano. Il livello della discussione negli ultimi anni ha drasticamente cambiato natura e se prima ci si chiedeva che cosa fare in relazione ai fatti, ora ci si domanda quali siano i fatti in relazione ai quali fare qualcosa.

Non ne hai idea, Zeno, devi scrivere un pezzo sul movimento ma il movimento non c'è. O meglio, il movimento è fermo. L'ironia della cosa ti fa sorridere, non è vero? Potrebbe essere un buon titolo: "Il movimento fermo. Cronache di lotta contro la chimera del benessere globale". Ti compiaci un po' per questa tua trovata mentre ti si gelano le chiappe e le voci continuano a sovrapporsi. Senti puzza di merda. Negli occhi dei compagni vedi il loro olfatto fare la tua stessa scoperta. Hai trent'anni, Zeno, è vero che è bellissima, è vero che non hai mai incontrato una ragazza così e che è probabilmente giunto il momento di sistemarsi per un po', ma le assemblee? Il movimento? Il freddo e la puzza di merda? Perché non chiedi di uscire a quella giovane e carina impiegata dell'ufficio postale? E magari, nel frattempo, perché non ti trovi un lavoro vero? Un bell'avvenire sereno davanti a te, niente più pensieri strani sulla democrazia e sui sentimenti politici, basta pippe mentali, basta con tutti questi dubbi sull'esistenza, basta tutte le sere al baretto, basta con questo desiderio costante di conoscenza, curiosità beffarda e tentatrice. Sì dài, basta.

E invece no, sei qui, al freddo, c'è puzza di merda. Uno che si chiama Martin, seduto vicino a te, si alza e se ne va. La puzza di merda svanisce, probabilmente si era cagato addosso.

Le voci si diradano, fino a lasciare spazio a un misero secondo di silenzio. Eleonora prende parola.

Cosa vuol dire essere liberi?

21

La seconda assemblea

Strada Maggiore, Bologna

Il principio secondo cui un gruppo di persone si ritrova in un luogo freddo e inospitale per parlare di strategie e azioni politiche dal basso, con la sporadica convinzione di poter cambiare davvero le cose, dovrebbe presupporre che ci sia effettivamente "qualcosa" da voler cambiare. Eleonora concentra il suo discorso sulla riforma dell'università e sulle tappe fondamentali del percorso di lotta autunnale. È brava e gli altri attivisti la ascoltano con un'espressione decisa dipinta sul volto: una schiera di teste che a turno, quasi ritmicamente, danno cenni di assenso.

Zeno, con l'aiuto della traduzione simultanea di Genio, afferra alcuni dei concetti cardine del discorso: la riforma è in via di approvazione e l'appuntamento fondamentale è il 14 dicembre a Roma, votazione di fiducia al governo.

La parte di opposizione che non si occupa di istruzione, in quei giorni, si dedica a esprimere valutazioni più o meno etiche sull'opportunità – da parte di un uomo di

Stato – di avere relazioni amorose con ragazze parecchio più giovani. Allo stesso tempo la maggioranza mostra segni di cedimento e prepara terreno fertile per una, necessaria quanto attesa, vittoria degli oppositori.

Eleonora ha una presenza scenica importante, si diverte con le pause e usa lo sguardo con chirurgica attenzione. Sa che il momento è buono per far crescere il movimento e sa che, almeno per quanto riguarda Bologna, è lei a doverne tirare le fila. Va tutto bene, l'intervento si chiude con un fragore di applausi e grida poco ortodosse, il movimento è unito e compatto.

Nel clima di esaltazione e nella caciara dei commenti sull'intervento di Eleonora, in molti si dimenticano del proseguimento dell'assemblea, che prevedeva ancora un paio di interventi. Un ragazzo prende il microfono e cerca di attirare l'attenzione: «È giusto progettare azioni a livello locale e concentrarsi per un determinato periodo sui fatti di politica italiana, ma non dobbiamo dimenticare quello che succede nel mondo, non so se vi siete accorti di quello che è successo con WikiLeaks...».

Il tentativo rimane tale e il giovane viene stroncato sul nascere dall'indifferenza generale. L'ambiente è carico e non si possono disperdere energie nel combattere troppe battaglie contemporaneamente. Una cosa per volta.

Zeno, indossati i panni dell'uomo maturo, chiude il suo portatile, si alza in piedi e si dirige verso Eleonora. La sua camminata ricorda quella di un omino Playmobil: è teso come l'elastico dei pantaloni dell'uomo più ciccione del mondo. Lei sta raccogliendo le sue cose, sembra avere fretta.

Coraggio, Zeno.

«Ciao.»
«Ciao.»
«...»
«...»
«Ciao, io sono Zeno ehm...»
«Eleonora, piacere.»
«Piacere mio, eh eh...»
Fare la figura del completo idiota: ci stai riuscendo.
«Hai un bel nome, Zeno, da romanzo, il tuo papà si chiama Italo?»
«Ehm no, Ermanno, in realtà.»
«...»
«...»
«Ah sì! Scusa, sì! Ah ah, Italo. Scusa, mi hanno preso in giro una vita con 'sta storia della coscienza e in questo momento non ci ho proprio pensato.»
«Non preoccuparti, volevi parlarmi di qualcosa? Scusami ma vado un po' di fretta.»
«In realtà sì, è che sto scrivendo un reportage sul movimento cittadino in relazione alle manifestazioni e alle azioni che si stanno portando avanti e mi interessava avere un punto di vista più soggettivo e meno collettivo su alcuni aspetti del movimento.»
«Più soggettivo, cioè...»
«Mi chiedevo se fosse possibile scambiare due chiacchiere.»
«Certo. Che ne dici per domani verso le 6 in piazza Verdi? Poi decidiamo un posto tranquillo dove andare. È una cosa lunga?»
«Benissimo, sì, alla grande, perfetto, alle 6, domani. Non ti preoccupare, in una mezz'oretta facciamo tutto.»

«Lasciami il numero nel caso ci siano imprevisti.»
«Certo: 3282828920.»
«Zeno, giusto? Dài, poi dopo vediamo cosa fare, ciao.»
«Sì, certo, dopo, sì... Ciao.»
POI DOPO VEDIAMO COSA FARE?
Zeno non capisce un cazzo, torna da Genio che nel frattempo si stava cimentando nell'impezzo di una giovane a malapena maggiorenne.
«Genio, cosa vuol dire "poi dopo vediamo cosa fare"?»
«Zeno, sei un maleducato, prima presentati alla mia nuova amica Donatella, poi puoi farmi tutte le domande stupide che vuoi.»
«Mi ha detto: "poi dopo vediamo cosa fare"! Cosa faccio?»
«Eh, dopo vedete.»
«Va' a cagare, Genio.»
«Sempre sia lodato, Zenuccio mio.»

22

Tonight is the night

Vevey

«Ho tantissimo materiale e non ci salto fuori.»

Michelle parla con se stessa ogni volta che è sotto pressione e osserva, sparso per la casa, il volume di documenti dell'inchiesta. Dopo mesi di ricerche e un paio di settimane infruttuose ha finalmente una pista vera e materiale per poter dipingere il quadro con ancora più dettagli di quelli che sospettava. L'avvistamento di Christian Shepard all'ingresso del palazzo dove lavorano il Generale Arnaud e il Dottor Negroponte non può essere casuale. Il suo istinto la porta a pensare che Shepard sia il cardine della sua indagine.

Con una telefonata al suo amico smanettone Francis è riuscita a ottenere svariati documenti sulla vita e sulle attività dell'amministratore delegato di una holding registrata con il nome di Nothing: apparentemente un magnate della beneficenza, che da anni stringe accordi in ogni Paese del globo. Il suo interesse è ancora oscuro, ma si delinea attraverso una rete di conoscenze che sembra essere infinita e coprire ogni respiro.

Le prime mosse di Christian Shepard sono databili a circa venti anni prima. Un ex dirigente Microsoft lo riceve nel tardo 1994 per discutere di sicurezza software e collaborazioni tra la multinazionale e la Casa Bianca: Shepard è un consulente governativo per la sicurezza nazionale. In un colloquio informale l'ex dirigente gli spiega l'importanza, in quel momento, della possibilità di avere accesso remoto ai computer degli utenti da Windows 95 con l'avvento delle prime reti Internet. In seguito a questo e a numerosi altri incontri, Shepard fa da mediatore negli accordi stretti tra gli sviluppatori e gli agenti della NSA per evitare a Microsoft il pagamento di multe legate alla loro posizione di monopolio sul mercato dei sistemi operativi.

Dal 1998, da ex consulente governativo, Shepard segue lo sviluppo di una non-profit di successo, conosciuta come South Cross Foundation, il cui obiettivo principale è la costruzione di infrastrutture mediche e di istruzione in Paesi del terzo mondo. Riesce, con il suo operato, a diventare un referente umanitario preferenziale dell'ONU in situazioni critiche come interventi militari in Africa e Medio Oriente, distinguendosi per l'assistenza ai rifugiati e nell'ambito della "educational recovery" – cioè la fornitura di strumenti tecnologici per l'istruzione.

Dal 2003 è legato alla Nothing, società che si occupa di nuovi media e – coincidenza – vince l'appalto per lo sviluppo della comunicazione online delle infrastrutture governative americane. Shepard nei seguenti dieci anni lavora con le maggiori testate d'informazione occidentali e fornisce i propri servizi al futuro colosso Amazon, curandone la comunicazione e il marketing. Nothing è, incidentalmente, attraverso il suo fondo destinato all'università, una delle prime finanziatrici di Noah Glass, cofondatore di Twitter.

A inizio 2007, ci informa il suo socio Saverin in un'intercettazione pubblicata da WikiLeaks nel tardo 2009, il CEO e fondatore di Facebook Mark Zuckerberg stringe un accordo con Shepard per la gestione e l'analisi dei dati prodotti dagli utenti. In sintesi, un prestito di dati in cambio di una rielaborazione degli stessi a fini commerciali, praticamente riciclaggio, da rivendere poi agli investitori della piattaforma.

E adesso? A cosa sta lavorando Shepard all'ultimo piano di quel palazzo?

La giovane giornalista sa di non avere ancora osato abbastanza. Gli appostamenti hanno portato qualche risultato, ma non quelli sperati. Il Dottore, che ogni mattina spacca il secondo ed entra in quel palazzo di vetro, il Generale Arnaud, che qualche minuto dopo lo raggiunge, barcollando ancora dalla sera prima. Servirebbe qualcosa che uscisse da quell'ufficio e non solo persone che ci entrano ogni giorno.

«Qualcosa di tangibile... oppure no...»

Michelle continua a pensare a voce alta mentre si mordicchia l'indice della mano sinistra in preda al nervosismo. Con un lungo respiro si incammina verso il bagno, apre il rubinetto e si lava la faccia, come per placare il calore dell'ansia. Poi, con ancora le gocce che le scendono sulle guance, si fissa gli occhi nello specchio e accenna un piccolo movimento con il capo.

«Stasera è la sera.»

23

Eleonora – Zona disagio

Bologna

«E da quando succede di nuovo?»

«No be', poco... Pochi mesi.»

«Mmh... Non è poco.»

«Certo, però con tutti i passi in avanti che posso fare non è mai una scienza perfetta, un risultato senza ritorno. È come avere a che fare con le maree, no? Ci sono dei tempi che devo rispettare e che devo reimparare ogni volta. Non so se mi spiego.»

«Sì che ti spieghi. Oggi, quindi? Hai avuto un nuovo attacco?»

«Non è stato proprio un nuovo attacco, cioè sì, ma non è arrivato fino alla fine...»

«E...?»

«E niente... Ero sul bus, avevo fatto davvero tardi, mi succede da un po' di settimane perché sto lavorando molto con Savataferle. Fatico a dormire, ho sempre un monte di cose da fare per le consegne, e in generale lo sai che dormo poco. Ho tutta 'sta roba da smaltire e mi fa ansia. Quindi stamattina ero sul bus, ascoltavo qualcosa che provasse a rilassarmi ma non ci riuscivo, all'improvviso quasi alla fermata dove scendo per andare al lavoro l'ho sentito arrivare... E ho provato a non farmi prendere e mettere giù. Quindi ho slacciato un po' la giacca, allentato la sciarpa e ho provato a mantenere il respiro regolare ma pensavo di svenire da un momento all'altro ed ero in mezzo al bus, con 'sta gente che si accalca, spinge, mi mette a disagio e mi sembra sempre di non essere nel posto giusto o fare la cosa giusta. E più mi guardavo attorno e più pensavo che sarei morta. Allora invece di svenire come una scema in mezzo a loro ho radunato tutte le forze che mi rimanevano e sono andata verso l'uscita mentre stavamo per fermarci e sono scesa.»

«Sì, che poi magari svenivi sul marciapiede! Ma non potevi chiedere di sederti?»

«Ma che chiedo? Come faccio? Sono lì che non mi riesce neanche di respirare, che penso di morire... Cosa chiedo?»

«Vabbe'... Sei stata meglio poi?»

«Massì, però no. Non va bene. Mi sembra di essere tornata indietro, che le cose che faccio non rimangano lì, di non essere mai abbastanza forte, mai abbastanza adeguata, mai abbastanza bella o solida o che cazzo ne so di queste stronzate che ci richiedono. E mi stanca, e sono stanca.»

«Dài, Ele, non essere ingiusta. Devi provare... Trovare un aggancio, qualcosa a cui aggrapparti in quei momenti. Non negatività. Qualcosa di buono... E poi con il lavoro sei un fenomeno, non devi dire che non sei abbastanza, non puoi sommergerti di richieste.»

«Sì ma che palle... Che palle! Passi dieci anni a lavorare su di te, scavi in profondità, e sono state ben più di due bracciate nella merda: prendere e cestinare e rifare, cercare di stare bene, tornare a stare bene, che fatica che mi fa, e che stanchezza.»

«So tutto, lo sai.»

«Lo so, Cicci. Infatti scusa se sbrocco, però sono a terra... Sai cosa? Ogni tanto penso che vorrei avere del credito da usare in queste situazioni. Ti fai un culo così per anni, per cercare di essere migliore, quasi normale e questo dovrebbe contare, no? Qualche risultato l'ho raggiunto, no?»

«Certo.»

«Ecco, allora ti dicono: "Brava, questi sono due punti di ego per i momenti miseri che vivrai, potrai usarli quando vuoi o accumularne altri". Tipo i punti del supermercato. Ecco, io oggi vorrei averceli quei punti, vorrei che esistessero. Che esco da qua e sto bene.»

«Ele, tu manco la fai la spesa!»

«Ahahah stupida.»

«E poi non devi uscire con quel giornalista?»

«Sì ma mi sa gli dico di rinviare...»

«Macché rinviare che è pure un figo!»

«Ma nemmeno lo conosci!»

«Se gli hai detto di sì sarà un figo, o no?!»

Mezz'ora dopo Eleonora è per strada verso l'appuntamento con Zeno. Sotto casa c'è un fornaio, l'insegna dice che è lì dal 1965.

«Prendo una brioche integrale... e una treccia alle olive.»

Fame nervosa. Fame nervosa prima di un esame. Fame nervosa prima di un'assemblea. Fame nervosa quando chiama suo padre. Fame nervosa quando deve partire. Fame nervosa quando si appresta a fare qualcosa che pensa di non saper fare. Lo stesso nervosismo che la consuma è – a detta sua – il motore di un metabolismo che riesce a farle ingerire quantità di cibo spropositate e inspiegabilmente mantenerla sulla soglia del sottopeso. E se gli eccessi d'ansia in qualche modo si sono ridimensionati, la capacità di sopportare lo stress senza passare attraverso una voragine nello stomaco sembra ancora lontana.

Passa davanti alle vetrate di una banca, si spia con l'angolo dell'occhio, cerca di assumere un passo non troppo solenne lottando contro gli anni di danza e concentrandosi sulle cose pratiche, sul funzionamento del proprio corpo: rilassare il diaframma, i piedi dritti, la schiena eretta ma non irrigidita, le mani nelle tasche dei jeans a cercare con la destra l'iPod sperando che lo shuffle, almeno per questi dieci minuti di passeggiata, la grazi con scelte delicate. Pensa che in fin dei conti è lei stessa a scegliere cosa metterci dentro. Che senso ha prendersela con un coso di plastica se sceglie la canzone sbagliata?

Ripassa mentalmente il volume di documenti sulla riforma letto nelle ultime settimane, ne ricorda la metà della metà e le sembra di avere una boccia di pesci rossi al posto del cranio. Il sole alle sue spalle lungo via Riva di Reno le scalda la nuca e la schiena, immediatamente dopo la sensazione di benessere il pensiero corre all'eventualità di arrivare accaldata, o peggio, sudata, all'appuntamento. Si ferma.

«Mannò! Cristo!»

Si avvicina al bordo del marciapiede per pulire la suola

della scarpa, il tipo del bar cinese la guarda da dietro il bancone con un sorriso di compassione mentre lei cerca di non buttarsi per terra e piangere disperata. Tenta di immaginare le variabili che l'intervista con quel tipo potrebbe presentarle: sempre la boccia dei pesci rossi. Il tipo del bar scompare mentre lei mette a fuoco la propria immagine per l'ennesima volta, per l'ennesima verifica di se stessa.

"Ele, non toccarti sempre i capelli."

"Ele, non esagerare con ironia e sarcasmo che magari è un coglione e fai la figura della fessacchiotta."

"Ele, quello è un giornalista, sicuro che è coglione."

"Ele, cerca di essere naturale, respira che poi sembri una matta."

"Ele, guardalo negli occhi, fatti valere."

"Ele, non guardarlo sempre negli occhi che poi sembra che vuoi scopartelo."

Riprende a camminare guardandosi la punta delle scarpe terrorizzata all'idea di pestare qualcos'altro o inciampare e franare per terra, sbucciarsi mani e ginocchia o, ancora peggio, sbattere la faccia. Si sistema gli occhiali.

Via Righi e via delle Moline, gente che se ne torna verso casa o va a fare aperitivo esattamente come lei, poi BodyBag a ricordarle desideri buttati giù in fondo al cervello, il Postamat con la solita fila per metà della via, il greco di largo Respighi che ha già acceso i motori e riempie l'aria con odori di Mediterraneo e vino bianco da mal di testa.

Guarda con occhi di sfida i militari che piantonano piazza Verdi sul fianco del Teatro Comunale e, laggiù in fondo, Zeno.

24

A new error

Vevey

La doccia aperta riempie la stanza di rumore metallico e vapore.

Il corpo di Michelle, nudo e quasi allo stremo per gli sforzi per rimettere, si muove senza alcun briciolo della grazia a cui è allenato, la testa dolorante fatica a ricostruire quanto è successo da tre ore a pochi attimi prima. La ragazza tossisce bruscamente mentre si lava la faccia. La mandibola indolenzita la rimanda al prolungato sesso orale e le provoca un ultimo conato inconcluso. Si ispeziona cercando quello che ha sempre conosciuto, trovando qualche arrossamento attorno al seno e al collo, niente di preoccupante se non un dolore ancora persistente all'inguine e alla vagina, dovuto alla penetrazione. "Dovrei scopare più spesso" pensa, ma la risata autoindotta è debole quanto le sue ginocchia. Riprendendo il controllo di sé ripassa mentalmente tutto quanto per poterlo formalizzare in qualche modo, accettandolo come dato di fatto e libera scelta.

Entra finalmente in doccia per prendere altro tempo e

riacquistare integrità, ripulendosi più da se stessa che dagli odori di un uomo che si è dimostrato, in fin dei conti, più piacevole di quanto pensasse, più intelligente di quel che sospettasse e capace di metterla occasionalmente a suo agio. Si domanda però se non fosse dovuto alla propria alterazione, mentre stringe i denti insaponandosi il pube e scoprendosi nuovamente eccitata da quel dolore. Cerca di fare pace con l'immagine di se stessa sotto quel corpo imponente con cui ha scopato solo per potersene approfittare, con cui ha volutamente messo da parte ogni freno. Più l'acqua mista al sapone la riporta al suo stato ordinario, più ritrova piacere in quella che almeno all'inizio era stata la preparazione a un incubo. I dubbi le riempiono la testa e fanno da cuscinetto tra le mani di Arnaud e il suo culo mentre lui le apre le gambe, domandandosi quanto di vero ci sia stato, quanto di vero ci sia ora e da quanto i suoi bisogni sessuali fossero parcheggiati in fondo alla sua moralità.

Uscendo dal bagno con solo le mutande addosso ritorna verso la camera il più silenziosamente possibile, lo specchio in corridoio le mostra il corpo nella sua interezza restaurata: i capelli legati sopra la nuca, la pelle diafana che tende al giallo sotto quella luce artificiale, il sedere tondo e ancora sodo, il seno piccolo ma gonfio a causa dell'arrivo del ciclo. E gli occhi che si riallineano alle cose del mondo mentre il giudizio è sospeso e molto c'è ancora da fare.

L'appartamento è ordinato e pulito. Gli unici vestiti fuori posto sono quelli della sera prima, buttati sul pavimento della camera da letto e ricombinati tra loro, con la sua gonna a far coppia con il maglione di lui. Lo spazio è sempre stato occupato da appunti, documenti, vestiti, piatti sporchi, quotidiani, riviste e libri, ma nell'ultimo periodo, preparata a questa estrema eventualità, Michelle aveva preso l'abitudine di tenere tutto in ordine e – soprattutto – di nascondere la sua identità di giornalista. La bettola del terribile ucraino è solo un brutto ricordo e il nuovo bilocale con vista sul lago dona un po' di respiro a quel momento ansioso e opprimente.

Arnaud è ancora addormentato, nudo e steso sulla schiena, coperto da un lembo di lenzuolo attorcigliato. Il suo sonoro russare scandisce il tempo di quella scena da film di spionaggio. Michelle chiude la porta della camera alle sue spalle e cerca qualcosa da mettersi addosso mentre il sole dell'alba riflesso sul lago comincia a illuminare di azzurro la cucina. La testa le pulsa come se il cuore avesse deciso di ricollocarsi qualche centimetro più in alto e le orbite degli occhi sono un fossato di dolori.

Accende la macchina del caffè americano e, appoggiata alla cucina, si guarda intorno: la borsa sul tavolino, le scarpe lì accanto, i vestiti di Arnaud non molto distanti, assieme alla sua tracolla. Camminando sulle punte e sentendosi osservata da una platea di migliaia di occhi si avvia verso le cose del Generale, si china con leggerezza mentre le spalle le si irrigidiscono e i piedi congelano istantaneamente al contatto con le piastrelle dell'ingresso. Un quaderno con una biro, un telefono, due libri, un mazzo di chiavi e l'iPad. Si siede con quest'ultimo tra le mani e la speranza di poterci trovare qualcosa, che tutte queste settimane non siano state vane, che mercificarsi fino in fondo non sia stato solo un salto nel vuoto con relativa caduta.

L'iPad non è bloccato, la mail è già loggata e davanti a sé ha una lista in ordine alfabetico di nomi, date, luoghi: quello che sembra essere un banale file Excel. Sulla schermata principale, un link a un server remoto: "HMD 998.3.4 BETA". Michelle ci prova ma non ottiene nulla di più di quello che si aspettava, ovvero una richiesta di username e password. Nella fredda mattina, il suo cervello si scalda nel ripristino di quelle capacità mentali che le possano permettere di fare un backup dell'iPad sul suo portatile, rimettere tutto in ordine e versarsi una tazza di caffè proprio mentre Arnaud si affaccia dalla porta della camera, gli occhi impastati e la voce da Barry White: «Buongiorno».

25

Braindance

Bologna

La linea tratteggiata appare e scompare senza una ritmicità precisa, accelera e decelera con i movimenti dell'autobus. Sembra poter essere un tratto unico, poi si frammenta, si ferma: Zeno cerca di dedurne lunghezze e distanze. La testa pulsa tra le cuffiette e, mentre µ-Ziq infila una serie di break e melodie dal futuro, non riesce a distrarsi dal preparare parole, discorsi, scenari possibili, plausibili, deducibili, programmabili. L'esercizio zen del trasporto pubblico, cullato in un tepore ancora estivo in un autunno che tarda ad arrivare, non lo aiuta a ritrovare una calma che pare essersi frantumata poco prima. La camicia, perché l'ha messa? Sembra vecchio. Si guarda le solite scarpe da ginnastica e si sente un ragazzino: lo zainetto appoggiato in mezzo alle gambe e il mercato San Donato che scorre fuori dal finestrino. Il traffico si muove attorno al bus come nulla fosse, ognuno ben chiuso e sigillato nella propria auto, perso nei pensieri esattamente come Zeno.

La periferia viene mangiata in poche mosse, il ponte allunga la propria ombra verso est e i graffiti lungo i binari mentre passa un Intercity, cercando di perforare il cuore di Zeno in un climax di romanticismo urbano in cui potrebbe tranquillamente sprofondare, abbandonarsi all'ammorbidimento completo, mollare gli ormeggi di un pianto estatico ingiustificato. Cerca una catarsi che non sembra arrivare mai e che manca da anni.

La linea 20, con morbida ferocia, prende via Malaguti e via Irnerio si spalanca lì davanti, immersa nella luce che riverbera sull'asfalto, sui palazzi dell'università, sul dipartimento di Mineralogia e sui giardini di Filippo Re.

Prima gli studi, poi le uscite serali a impegnare le giornate sempre meno legate a questo fuso orario, ora l'ennesimo cuore in gola da ingoiare o morire, che gli sembra la cosa più difficile che abbia mai fatto, anche se si ripete che è solo una ragazza, glielo ripete Genio da ore, che è solo una ragazza, e tutto il mondo sembra ripeterglielo con mille segnali: le gambe bianche di una coetanea salita di corsa, gli occhi profondi di una neomamma, l'ondeggiare di un'anca mentre attraversa al semaforo. Solo una ragazza.

L'ansia e un pragmatismo che tiene spesso nascosto si rivelano nella loro furia mentre la fermata si avvicina e lui è già pronto a scendere, con diciotto minuti di anticipo per un tratto che ne richiederebbe dieci, a voler essere lenti. Valuta come occupare il tempo per non arrivare troppo presto ma neanche in ritardo. Valuta di acquistare delle sigarette che abitualmente non fuma per darsi un tono, o forse del tabacco da rollare che è più simile alla sua immagine non troppo legata a certe comodità, pensa se non sia il caso di mettere qualcosa sotto i denti al volo: ma cosa? Un kebab? Un felafel a quest'ora? E se poi

Eleonora volesse andare a cena? E il suo alito puzzasse irrimediabilmente di cipolla? Una sosta in un bar per un caffè? Il cuore che gli esplode in mille pezzi in mezzo alla piazza più abusata e chiacchierata di tutto l'ateneo, mentre nemmeno un cane si avvicinerebbe a raccogliere i suoi resti e il «Carlino» parlerebbe di un suicidio d'amore come ultimo atto romantico mentre al Teatro Comunale programmano l'ennesima tragedia non più aderente a nessuna realtà.

Si è alzato un po' di vento e Bologna ruggisce in pieno orario d'esodo lavorativo: fuga dagli uffici verso le case, dentro i bar, a farsi riempire l'ennesimo bicchiere per mettere tra i denti un po' di pane cattivo e condimenti cucinati distrattamente mentre Maria De Filippi tira le fila del pomeriggio televisivo. Tutti dentro tutti, tutti sopra tutti, tutti per tutti e nessuno per uno. Si ritrova costretto nuovamente in pensieri che odia, schiacciato dal cinismo e dalla disillusione che solo una pancia calda che per trent'anni ti ha allevato può farti provare.

Alcuni studenti escono dal Paleotti, c'è chi traccheggia lungo la via, la facoltà di Lettere si prepara alla prima serata occupata della stagione, la Scuderia, American Bar, il Piccolo e una jeep dell'esercito si contendono i quattro cantoni di piazza Verdi. Cambierebbe tutto per non cambiare mai niente, mentre decide che quella forma dal passo deciso che si avvicina da largo Respighi non può che essere lei. Eleonora.

26

L'uno per l'altro per 3,14

Bologna

Il caso e l'imbarazzo reciproco, mascherato da una parte con l'impaccio tipico del maschio innamorato e dall'altra con una finta quanto automatizzata sicurezza di sé, portano i due giovani a sedersi al tavolo di un bar che non somiglia a nessuno dei due. Tavolini bianchi laccati, sedie dal design accattivante ma scomode, camerieri vestiti da camerieri dell'Ottocento, prezzi da capitale francese. Il posto quantomeno è tranquillo – sono gli unici clienti del locale – e dotato di un'ampia selezione di tè, infusi e caffè esotici.

«Belle queste sedie, eh?»

«Sì, belle da fotografare e mettere sui giornali di design...»

Zeno si chiede perché si sia cacciato in quella situazione: usare la scusa del giornalista per uscire con la ragazza per cui si ha una cotta non si è rivelata un'idea geniale e si rende conto di non sapere niente di tutte le cose che dovrebbe conoscere. I suoi pensieri si affastellano nella più totale autocensura, il trionfo dell'insicurezza e la celebrazione della negazione del sé come entità dotata di autonomia cerebrale. Domande intelligenti? Qualcosa per introdurre il discorso? Cosa devo scrivere in questo minchia di reportage? Una battuta sul cameriere per sciogliere il ghiaccio? Una battuta sul ghiaccio che si scioglie? Riscaldamento globale? Zeno si guarda attorno e cattura, in un lasso di tempo che a lui sembra eterno, tutti i dettagli che la sua mente gli concede di assorbire: leggeri segni di usura sulla superficie del tavolo, le scarpe del cameriere, il barattolo di cioccolatini sul bancone accanto alla cassa, lo sguardo del barista perso nel vuoto, le brioche della mattina, la bottiglia di Punt e Mes, la piccola ragnatela nell'angolo del soffitto, le finiture del battiscopa e delle cornici delle porte, la qualità dell'imbiancatura delle pareti. Tutto per non incrociare lo sguardo di Eleonora. Da quanti anni ti occupi di politica? Hai dei fratelli o delle sorelle? Ti piace Bologna? Pensi che a Roma ci saranno casini? Hai visto l'ultimo film di Tarantino? Ti rendi conto di essere la ragazza più bella del mondo, vero?

No, non ce la può fare.

«Tu cosa prendi?»

«Un caffè hawaiano, tu?»

«Mmh, anch'io.»

Vuoto cosmico, chi sono, cosa sono e perché? Non si può sostenere la presenza ingombrante di questa ragazza, Zeno valuta di voler tornare indietro nel tempo ed evitare l'approccio, cambiare vita, rifiutarsi di nascere. È troppo bella per lui, non ci sta a dire niente. Salva il salvabile, Zeno, porta a casa almeno la reputazione.

Sono passati 174 secondi da quando si sono seduti e

finalmente, nel bel mezzo di un'avaria cerebrale, alza lo sguardo e incrocia gli occhi di Eleonora. Pochi attimi, un sorriso reciproco, gli occhi dentro agli occhi dentro alla testa di entrambi: il momento in cui si capisce tutto.

All'improvviso.

«Eleonora, tu ci pensi mai alla libertà?»

«Ma quindi mi stai intervistando?»

«È più una curiosità personale.»

«Sì.»

«E cosa pensi?»

«Penso che non lo so. Alle volte penso invece di saperlo precisamente. È una parola che riempie la bocca e svuota la testa, come il senso di vertigine quando sei sul terrazzo e guardi in alto. La libertà di fare ciò che vogliamo, che pensiamo, cioè, non è che puoi metterti in mezzo ai tavolini qui e fare la cacca, no? Non è quella la libertà. Credo. È che pensiamo a significati molto alti, strutturati, mentre intimamente desideriamo sia qualcosa di semplice. Tipo fare la cacca in mezzo a un locale, appunto.»

«Caspita, grazie.»

«Di cosa?»

«Della risposta.»

«Cioè, Zeno, non voglio passare per la matta che parla di cacca al primo appuntamento, cioè, in un'intervista. La libertà penso che sia un concetto ampio e indefinibile, un po' come l'amore. E penso che sia questo il motivo per cui ne siamo ossessionati, perché un po' ci fa paura ma allo stesso tempo ci attrae. Il non sapere cosa siano libertà e amore ci porta alla loro ricerca costante ed è in questa ricerca che, se stiamo attenti e se lo vogliamo, li possiamo accarezzare per un istante e vederli fuggire, con la semplice gioia che deriva dalla conoscenza della loro esistenza. No?»

Gli occhi tornano a mescolarsi gli uni con gli altri.

C'è una velata amarezza in quelle parole e in quello sguardo, ma è un'amarezza piacevole: come un caffè.

«Ce ne andiamo da qui?»

«E il caffè?»

«Chissenefrega.»

Il cameriere li vede alzarsi, Eleonora con una piroetta si volta verso di lui: «Scusi, abbiamo cambiato idea».

Eleonora e Zeno, camminando senza meta, raggiungono i posti nascosti delle loro teste, parlano di tutto e capiscono di avere bisogno l'una dell'altro, senza un vero motivo. È un istinto di sopravvivenza a ciò che li circonda, è trovare qualcuno che non si specchia nell'altro ma che cerca di mostrarsi e dare altrettanto, incuriosendosi senza dover aspettare il proprio turno per parlare. È il desiderio forte di toccarsi e conoscersi. Zeno è felice come non lo era mai stato, cosa normale quando gli eventi si evolvono ben al di sopra delle proprie aspettative. Eleonora si sente bene, piacevolmente sorpresa da quel quasi-giovane arguto dallo sguardo rassicurante, due lunghe braccia per farsi stringere nei momenti in cui l'anima vorrebbe andare a farsi fottere.

Armonia, gioia, desiderio.

Arrivati a queste conclusioni, davanti al semaforo di porta Santo Stefano, in prossimità dell'ingresso dei giardini Filippo Re, con le macchine che passano e il freddo della sera che inizia a infilarsi sotto la giacca, i due, di comune accordo, decidono di baciarsi.

27

HMD

Parigi

«È una specie di archivio...»

«Un archivio? Tutto qui?»

«No, si direbbe ci sia di più...»

«La smetti di fare l'hacker misterioso e mi dici di cosa si tratta?»

«Certo, ma dubito fortemente di poterci interagire in qualche modo. Sembra che si possa solo esplorare e non riesco a capire come accedere al file sorgente.»

«Allora?»

«Di base è un sistema di archiviazione ma la sua architettura assomiglia di più a una mappa...»

«Dio santo, Francis! Una mappa di cosa? Parla!»

«Eh, se la smettessi di interrompermi sempre, boia d'un cane!»

Michelle ha un sussulto e si riposiziona con la schiena eretta sulla sedia, da brava bambina appena sgridata. In fondo non vede il suo amico d'infanzia da molto tempo e gli è appena piombata in casa a sorpresa, dopo quasi otto anni, con un misterioso hard disk da decriptare, una sigla ricorrente, HMD, e alcuni giga di file da cui non caverebbe alcuna informazione con le sue conoscenze informatiche, ferme al pacchetto Office. Deve ricordare di mantenere più vive le sue relazioni, soprattutto con chi si dimostrerà in seguito un abile smanettone informatico in grado di risolverle tutti i problemi.

«Scusa, Francis, vai avanti.»

«Non è un semplice elenco, sembra che ci sia una relazione che intercorre tra ogni dato, assomiglia molto all'architettura del web e i dati principali sembrano essere proprio le persone. Molte persone. Le informazioni che riguardano tutte queste persone possono essere utilizzate per ordinarle in sequenza, o metterle in relazione tra loro.»

«...»

«...»

«È un social network del cazzo!»

«Non proprio, non direi. Almeno non nell'accezione classica del termine. Di solito gli utenti di un social network possono scegliere come e se interagire con gli altri. Questo aggeggio invece sembra far tutto da solo. Sembra automatizzato.»

«E cosa fa?»

«Scambia pacchetti di dati e ne crea di nuovi tra una persona e l'altra, molto velocemente. È come se ipotizzasse relazioni per verificarne il funzionamento. Archivia, controlla e coordina le relazioni degli utenti, attraverso i loro dati. Le informazioni sembrano essere di qualsiasi tipo: immagini, video, audio, testo. È come se tentasse di collegare tutto questo materiale in una relazione multidirezionale.»

«Praticamente è un modello rizomatico come quello di Deleuze e Guattari.»

«Eh?»

«Te lo leggo, aspetta... "Il rizoma collega un punto qualsiasi con un altro punto qualsiasi, e ciascuno dei suoi tratti non rimanda necessariamente a tratti dello stesso genere, mettendo in gioco regimi di segni molto differenti e anche stati di non-segni. Rispetto ai sistemi centrici (anche policentrici), a comunicazione gerarchica e collegamenti prestabiliti, il rizoma è un sistema acentrico, non gerarchico e non significante." È in *Millepiani*, di Deleuze e Guattari appunto.»

«Ma scusa, è Internet!»

«Cioè questa cosa che abbiamo trovato è Internet o Deleuze e Guattari sono Internet? Sono confusa.»

«Il principio è quello e anche i contenuti molto probabilmente vengono dal web...»

«MA?»

«Ma... stai calma. Ogni punto è riconducibile a un nome e non a un indirizzo. Molti dati sembrano ripetersi per ogni punto, seguendo l'ordine del nominativo come macroindice e la disposizione non è geografica ma segue un ordine legato al numero di sovrapposizioni. Non solo: i nominativi si collocano poi su tre assi seguendo altri criteri che non riesco a decifrare, potrebbero essere il numero di scambi o altri fattori di calcolo. O anche "non-segni" come dicevano i tuoi due amici filosofi.»

«Non ho capito un cazzo lo stesso.»

«È come se fosse Internet, Michelle, ok? Solo che è ordinato e automatizzato. È un'intelligenza artificiale per il controllo e l'archiviazione dei dati personali e, di conseguenza, delle persone.»

«Ma a cosa serve?»

«Non ne ho idea. Non riesco nemmeno a capirne appieno la logica e il funzionamento, però è qualcosa di impressionante.»

«Ma i nomi che ci sono, sono veri?»

«In che senso?»

«Non è una simulazione?»

«No, è reale. Guarda. Ci sei anche tu.»

28

Magico mondo

Bologna

Tump tump tump.

Nella stanza buia risuona un battito fermo ma gentile, un po' invadente ma dolce. Dalle membrane dei timpani iniziano ad arrivare informazioni contrastanti sull'origine di quel rumore, in quell'attimo in cui gli occhi sono ancora chiusi ma il cervello si sta lentamente svegliando.

Tump tump tump.

Quando Zeno apre gli occhi vede quelli spalancati e velatamente preoccupati di Eleonora, verdi e luminosi nel buio della sua camera da letto. Odore di chiuso e sudore, sesso, un retrogusto di Fernet e Cola, aria nella pancia da trattenere, una mano che cerca l'altra mano sotto le coperte.

«Cos'è?»

«Sarà il vento.»

La capacità di Zeno di sparare minchiate a pochi secondi dal risveglio è ormai entrata nel mito. Tutto ebbe inizio quella volta in cui, nella sua tenda in un campeggio vicino a Barcellona, si risvegliò proponendo un po' di coccole al suo compagno di materassino gonfiabile Genio. Chissà che bel mondo ci dev'essere nella testa del giovane in quei secondi che lo separano dal risveglio vero e proprio sotto forma di caffè... una terra promessa irraggiungibile, fatta di ottimismo e nonsenso. Poliziotti che si congratulano, pasticceri di salame piccante, automobili che parlano, maniglie delle porte che sembrano mani da stringere dopo un discorso elettorale, bariste fighe, passanti nudi che cantano tutti la stessa canzone, cuccioli di ippopotamo che danzano il Can-can, ovattati suoni di animali marini gentili, vallate di morbidi cuscini su cui rotolarsi vestiti solo di una mutanda molto aderente, il tiepido come temperatura dominante dell'atmosfera terrestre.

Tump tump tump.

No, non è il vento, questa è mamma Rosa.

«Allora io entro!»

Zeno compie una giravolta sul letto trascinandosi tutte le coperte e lasciando il corpo nudo di Eleonora a contorcersi per il freddo improvviso. Come un baco da seta col Parkinson, con un colpo di reni riesce miracolosamente a mettersi in posizione eretta anche se barcollante, raggiungere la porta di casa e, proprio nell'attimo in cui si sta aprendo, appoggiarcisi con la spalla destra per impedire l'ingresso della premurosa madre.

«Aspetta ma', che abbiamo ospiti!»

«Ah scusa, ma ho bussato tre volte!»

«Credevo che fosse un testimone di Geova, il vento, le caravelle, Cristoforo Colombo, gli ippopotami blu dei pannolini.»

«Ah ma stavi ancora dormendo! Guarda che è l'una passata. Ti ho portato un po' di risotto ai funghi.»

Zeno apre la porta il tanto che basta per far passare il Tupperware e con le parole: «Caffè, ciao mamma, caffè» congeda il genitore richiudendo subito l'uscio di casa.

«Cosa è successo?» La voce di Eleonora arriva timida dalla camera da letto.

«Scusa, era mia mamma, ci ha portato il risotto, ma che sei matta a stare tutta nuda così?»

«Eh, Zeno, le coperte...»

«Ah cazzo, scusa.»

Con un gesto goffo si libera dalla tunica che ancora indossa e la lancia con sorprendente maestria sopra il corpo di lei.

«Scusa, ma non sapeva che ci fossi anche tu. Faccio il caffè, ok?»

«Grazie.»

Lo psicodramma della caffettiera, pulirla dal giorno prima con l'acqua fredda mentre fastidiose goccioline prendono le direzioni più insospettabili, quella maledetta polvere marrone che si disperde ovunque nella cucina e il fornello che non si accende, il gas, ok, fuoco, attesa.

C'è Eleonora di là ed è la sua prima volta in questa casa, la prima volta che dormono assieme. La sera appena trascorsa una cenetta da Mirko e alcuni litri di quel cocktail stravagante a base di Fernet Branca e Coca-Cola, sapore di medicina e importanti effetti digestivi. Dice che è il cocktail più bevuto in Argentina. Davvero? Ma pensa.

Botta significativa, comunque.

Mentre il caffè tarda a salire, Zeno stila una piccola classifica delle sue ultime avventure amorose e mette sul gradino più alto del podio, con notevole distacco sulla seconda, la notte con Eleonora. Mentre un sorrisino gli si dipinge sulla faccia, il gorgoglio del caffè lo ridesta a pensieri più prolifici: come fare in modo che quella non sia la prima e ultima notte con Eleonora. Allora mette a scaldare un po' di latte, tira fuori i biscotti allo yogurt e mandorle, apparecchia un piccolo vassoio con delle fette biscottate e un vasetto di marmellata di more fatta da mamma Rosa. Poi frulla il latte con quel frullino mai usato in vita sua che dovrebbe servire a fare il cappuccino, lo versa in una tazza col caffè e posiziona il tutto ordinatamente sul vassoio, entra in camera e schiaccia "play" sull'ultimo disco che stava ascoltando, fortunatamente una roba elettronica morbidona di quelle che piacciono alle ragazze tipo i Boards of Canada. Sorride allo sguardo sorpreso di Eleonora e, con una piacioneria assoluta e la certezza di fare la cosa più figa del mondo, esclama un languido: «Buongiorno, meraviglia». Lo spiraglio della finestra permette a un leggero fascio di luce di illuminare la stanza, il sole è alto quanto può esserlo in novembre e la giornata è limpida, Eleonora si siede sul letto appoggiandosi alla testiera mentre inzuppa un biscotto in quel quasi-cappuccino.

«Allora sei un cavaliere romantico.»

«Chi, io? Macché, lo faccio tutte le mattine, anche quando sono da solo.»

«Sei carino, grazie.»

Carino. Che aggettivo del cazzo.

«Tu invece sei bellissima anche di mattina appena sveglia. Ma lo sai già.»

Eleonora un po' arrossisce, un po' no.

«Che ore sono?»

«L'una e mezza.»

«Cazzo cazzo cazzo, devo andare!»
«Uoah! Dove?»
«Università, alle 2, presto presto!»
«Ti accompagno in motorino, stai tranquilla, facciamo colazione.»
«Davvero? Grazie.»

I semafori sono momenti di conforto, i curvoni dei viali attimi in cui ci si stringe, viaggiare in due sul motorino è intimo quasi come aver fatto l'amore e il momento in cui Eleonora si toglie il casco, liberando la riccia chioma scura, è lo stesso in cui Zeno realizza di doverla salutare, almeno per un po', con un'uscita elegante, da cartola, senza essere troppo opprimente.
«Allora ci sentiamo?»
Complimenti Zeno, si vede che hai studiato.
«Ti chiamo appena esco, sono stata molto bene con te.»
E un bacio lo raggiunge rapido e indolore, pochi decimi di secondo, eccitante per il futuro e anestetico per il presente.
E quel culo che se ne va.

29

L'incoscienza di Zeno

Nella notte arancione di Bologna

Torno a casa in bici, sono le 2. Oltre la leggera salita di piazza Aldrovandi recupero la seduta sulla sella e lascio i pedali, da qualche anno le luci di notte sono più belle e i lavori infiniti rendono Strada Maggiore muta e incantata. Sento alcune note di fisarmonica, una mezza melodia difficile da seguire, un valzer con il primo accento che resta muto e attorno, sopra quel rumore, un brulicare di passi, di suole, di respiri.

Mi fermo stralunato sotto il portico dei Servi. Attorno al silenziosissimo suonatore scalzo e barbuto, una ventina di coppie ballano, male a volte, stranamente spesso. Uomini con uomini, donne con donne, vecchi con ragazze, amanti, gente che si imbarazza, virtuosi della sensualità, imbranati che inciampano, ragazzi che ballano altro, lesbiche e banchieri, punkabbestia e pensionati, studentesse e poliziotti in pensione, algerini e scandinavi. C'è un maestro ma non si vede, c'è un amico del liceo, ci sono due anziani che si desiderano, c'è una ragazza bella e una che odia il suo compagno. Le coppie si scambiano spesso in questa musica sottile sottile, in questo portico alto alto, in questa strada vuota vuota, con questa chiesa grande grande e questi passi fitti fitti. Scarpe coi tacchi, piedi scalzi, mocassini e Nike. Tutto insieme, semplice e sbilenco, come la migliore umanità possibile.

È una danza improbabile, leggerissima e lacerante, è una catarsi per vite lasciate a metà, sospese su risposte che non arrivano: curriculum vitae, annunci, bandi, pubblicità e reclami. È una vendetta calda su un tempo freddo.

E io rimango lì, con tutte le parole della mia vita nel cuore e nessuna che mi arrivi alle labbra. Sto bene e non sto in nessun posto, a parte il presente.

SECONDA PARTE

30

Due mesi dopo

Bologna

«Perché stiamo insieme?»

«Te lo chiedi solo ora?»

«Me ne sono accorta da poco.»

«Che stiamo insieme?»

«Che non so il perché.»

«Cioè, quindi credi di esser scema?»

«No, voglio solo sapere cosa ne pensi.»

«Vuoi una risposta razionale o romantica?»

«Voglio una risposta tua.»

«Secondo me è meglio non rispondere a tutte le domande. Hai presente quei test dove se rispondi male ti tolgono dei punti mentre se non rispondi resta tutto uguale?»

«E se rispondi bene però il punteggio migliora.»

«Vuoi sapere perché stiamo insieme?»

«No, voglio sapere perché tu stai con me.»

«Ah vedi, è diverso.»

«La smetti?»

«Quella è una domanda che mi faccio sempre anch'io:

perché la ragazza più bella del mondo vuole stare proprio con me? E ci penso, ci penso, ci penso e alla fine mi dico che un motivo per forza ci sarà anche se non lo capisco e che non sono così male come penso di essere e allora mi vien voglia di ringraziarti e di vederti e di abbracciarti e fare l'amore.»

«Vieni a vivere con me.»

«Sì.»

«Adesso.»

«Va bene, andiamo, prendiamo le bici?»

31
Adolescente fluorescente

Bologna

Zeno ogni tanto ricorda quello che faceva da adolescente, non solo le azioni ma anche i processi decisionali che lo portavano a compierle. Pensa ai momenti in cui, nella totale incertezza di quello che l'avrebbe atteso, si aggrappava all'ideale di un amore puro per giustificare e accompagnare ogni singolo suo sussulto nella vita, incasinata ma comoda, di un ragazzo a Bologna negli anni zero.

È convinto che a un certo punto della sua vita, tra i diciotto e i venti, alcuni suoi sentimenti siano svaniti. Anzi crede di esser stato lui, in un determinato momento e per una giusta causa, a spegnerli.

Ma procediamo per gradi, è colpa dei sentimenti
Facevano troppo male, a un certo punto li ho spenti

Ma era una giusta causa? E adesso, ora che le cose nella sua vita sembrano essersi allineate in una prospettiva comune insieme a un'altra persona, ora che il tanto sognato quanto vago lavoro di "scrittore di qualcosa" sembra essere realtà, ora che pare non aver più bisogno di una costante e rassicurante conferma delle sue azioni, oggi, è possibile riaccendere quei sentimenti? Sensibilità e un certo livello di empatia sono nascosti da anni dietro ai mostri dell'autostima e del cinismo. Per fortuna la natura e l'educazione, o la televisione, gli hanno conferito una buona dose di senso dell'umorismo, altrimenti ora non avrebbe amici e nemmeno una splendida donna da cui tornare a casa.

Cos'è successo, sei scappata da una vita che hai vissuto,
da una storia che hai bruciato e ora fingi che non c'è...

Zeno, con la testa tra i capelli, è felice senza saperlo e si gode questa sensazione al bar con gli amici. Forse loro l'hanno sempre saputo o forse anche loro ricordano quel momento in cui, invece di crescere, si diventava qualcos'altro per godersi appieno i vent'anni. Tirando le somme, a posteriori, in fin dei conti, considerando le circostanze e le variabili, insomma alla fine: è andata meglio così.

«Eh niente, vez, mi hanno offerto uno spazio settimanale su "Internazionale".»

«Nooo! Grande cazzo! Cash flow?»

«Non lo so, Genio, sempre a pensare ai soldi. Sarà qualcosa di equo. Si chiamerà come il blog e sarà un trafiletto di 2000 battute, so solo questo.»

«Ve moh! "L'incoscienza di Zeno". Luca, porta la boccia delle grandi occasioni!»

La boccia delle grandi occasioni è una caraffa di negroni.

«Aspettiamo Eleonora, ché non le ho ancora detto niente.»

«Cioè, l'hai detto prima a me?»

«Non me lo tenevo più.»

«No vez, adesso quando arriva rifacciamo tutto daccapo e fai finta che è la prima volta che lo dici.»

«Mah...»

«Shh, eccola.»

I capelli vaporosi che si muovono lenti al ritmo di quella camminata elegante, le labbra che si schiudono dolcemente a pronunciare: «Bella regaz», la borsa che si appoggia sul tavolo e lo sbuffare tipico di chi arriva alla meta alla fine di una giornata piena.

«Ele, siediti che ho una bella notizia da darvi.»

A Genio gli ride anche il buco del culo, non aspettava altro: «L'hanno preso a "Internazionale", beviamo».

«Grazie Genio, sei un amico.»

«Non preoccuparti, non sono gelosa. Be', splendido! Com'è successo?»

«Mi hanno contattato dopo che hanno visto i numeri del blog e letto un po' di mie cose, mi hanno chiesto altro materiale e offerto un trafiletto settimanale. Ora non resta che scrivere.»

«La fai facile, tu.»

«È facile, per me.»

32

Nuove prospettive

Bologna

«Pronto, Eleonora?»

«Sì prof, buongiorno.»

«Buongiorno, ho avuto un contrattempo e non riesco a prendere il treno.»

«Ah. Be', annullo la lezione.»

«No, Eleonora, falla tu.»

«Ma che dici?»

«Sì, ne abbiamo già saltate troppe, fai un po' di storia del sindacato.»

«Storia del sindacato? Ma non stavamo spiegando i licenziamenti?»

«Appunto, vuoi fare i licenziamenti? Prego accomodati, sappi però che sarà materia d'esame e se ti dimentichi qualcosa li avrai sulla coscienza.»

«Allora faccio il sindacato. Tu sei sicuro che non ce la fai?»

«No, sono bloccato a Forlì con una vertenza, quelli della Del Conca hanno bloccato la produzione e sono in sit-in. Ciao Eleonora.»

«Ma...»
Tu-tu-tu...

Di certo Eleonora non aveva immaginato la sua prima lezione in questo modo, venti minuti per prepararla e una ventina tra ragazze e ragazzi con pochi anni meno di lei ad ascoltarla. Mica stupidi, poi, laureandi alla magistrale di Scienze politiche, corso di Diritto del lavoro. Con un gruppetto di loro spesso esce a bersi una birra, con altri ha seguito dei corsi, altri ancora sono supersecchioni che probabilmente ne sanno più di lei. E lei no, non si sente professoressa, non si sente, ancora, professoressa. Storia del sindacato, ma cosa vuoi che gliene freghi a questi, sapranno già tutto.

«Buongiorno ragazzi, il prof oggi non c'è e vi faccio lezione io. Siccome mi è stato detto all'ultimo non sono riuscita a preparare niente di più che una lezione sulla fondazione dei primi sindacati dei lavoratori, spero possa essere interessante. Vedo delle mani alzate e vi rispondo ancor prima che mi facciate la domanda: no, non sarà materia d'esame.»

Nel giro di trenta secondi molti studenti raccolgono le loro cose, si alzano e abbandonano l'aula, alcuni senza neanche salutare. Restano il gruppo di amici di Eleonora, tre supersecchioni e un giovane stravaccato in ultima fila che fissa il suo smartphone con un mezzo sorriso ebete. Ecco, un'audience di tutto rispetto.

«Va bene ragazzi, conoscete Ned Ludd?»

Nessuna risposta.

«Tale Ned Ludd, in un giorno lavorativo del lontano 1779, dalle parti di Nottingham, sbroccò e iniziò a prendere a colpi d'ascia il telaio su cui stava lavorando, facendolo a pezzi. Da quel momento, anzi alcuni anni dopo per la precisione, in molte fabbriche della zona gli operai si ribellarono alle pessime condizioni di lavoro, distruggendo le macchine per la produzione. Era la prima volta che la violenza si scatenava contro le macchine e non contro qualcuno. I tumulti "luddisti", dal nome del primo "ribelle", continuarono finché il Parlamento inglese approvò una legge che prevedeva la pena di morte per chiunque distruggesse i telai. Nonostante questo, poco tempo dopo i lavoratori si costituirono in comitati e fecero ripartire la rivolta in modo ancora più violento ed esteso a tutta l'Inghilterra. La particolarità di questa storia: non si hanno prove dell'esistenza di tale Ned Ludd. Il nome appartiene al mito e alla leggenda e forse non è mai esistito. Chi invece è sicuramente esistito, ma non viene ricordato, è il signor William Hall, un luddista che venne arrestato e costretto a confessare i nomi di molti suoi compagni. Da quell'elenco seguirono numerosi arresti e la condanna a morte di diciassette luddisti. Il luddismo fu sconfitto in questo modo, ma da quel momento si iniziò a parlare dello sfruttamento che avveniva nelle fabbriche e prese vita un processo culturale volto alla costituzione di misure di protezione degli operai. Il capitalismo era nato da poco ma, come vedete, fin da subito si erano create delle forme di resistenza umana.»

Eleonora si prende una piccola pausa per bere un po' d'acqua, nota come i secchioni siano intenti a trascrivere tutto, parola per parola, sui loro portatili, i compagni un po' chiacchierano tra loro e un po' fingono di seguire mentre il giovane stravaccato continua a essere tale e fissare il suo smartphone.

«Se non vi interessa, siete liberi di andare, capisco che l'argomento possa non essere attraente.»

Nessuna reazione.

«Intendo dire che se volete passare il tempo a scrivere su WhatsApp ai vostri amici potete farlo anche fuori di qui.»

I sette studenti che non sono il giovane stravaccato si voltano tutti per fissare il giovane stravaccato che, evidentemente per indole, rimane tale. Eleonora la prende come questione di principio e attacca.

«Scusa tu, in ultima fila. Sì, tu.»

«Checcè prof? Non sto a fà niente.»

«Appunto, fuori è una bella giornata e se non ti interessa la lezione ti consiglio di andarti a godere la vita, sai ce n'è una sola, di vita.»

«Ma vedi questa, oh! L'altro giorno te stavo ad ascoltà al 38 che dicevi un sacco de roba e te riempivi la bocca de rivoluzione e tutti ad applaudire, credevo che eri una giusta oh, invece sei la solita serva capitalista isterica e rompicazzo.»

«Prego?»

Eleonora e il resto della classe rimangono attoniti mentre il giovane stravaccato raccoglie il suo zaino e si dirige verso la porta. Eleonora in quel momento riconosce uno dei volti visti all'assemblea pochi giorni prima.

«Me ne vado, tolgo il disturbo, ma me ne vado proprio da quest'università demmerda, da 'sta città demmerda, tutto finto, tutti finti. Voaltri continuate pure a farve e seghe co' 'ste menate, io vado a vivere la vita che, sapete, come diceva quello, ce n'è una sola.»

La porta si chiude sbattendo e la piccola aula in Strada Maggiore precipita nel silenzio. Gli sguardi dei superstiti si intrecciano l'un l'altro facendo tutto il giro, come se si stesse facendo un brindisi in cui bisogna guardarsi tutti negli occhi. Pochi secondi ed Eleonora riprende: «Non ho capito bene cosa è appena successo, ma se siete d'accordo io andrei avanti».

Nessuna risposta.

«Bene. Cioè male. Molto male. Dopo il 1830 il governo inglese iniziò a introdurre timidamente delle forme di protezione per gli operai, come il limite di dieci ore lavorative per i bambini sotto i dieci anni...»

«Pronto?»

«Sì, Giuliano pronto, non mi fare mai più una cosa del genere!»

«Che cosa?»

«Come che cosa? La lezione.»

«Ah già, com'è andata?»

«Di merda, Giuliano, uno studente ha abbandonato l'università dandomi della capitalista.»

«Ahahah! Eleonora, stai tranquilla, ne passerai ancora di esperienze come questa nella tua vita e piano piano capirai delle cose. Per esempio che non tutti possono frequentare l'università. Oppure che chi parte incendiario arriva pompiere e, a volte, viceversa. Senti piuttosto, ti devo parlare di una questione lavorativa, credo che le tue competenze possano tornare utili. Che fai per cena stasera?»

Eleonora manda giù tutto il suo astio e con disinvoltura e un lungo respiro riprende il controllo della sua vita. La curiosità per una cosa nuova è sempre un buon viatico per i cagamenti di cazzo.

«Sono libera, facciamo alle 20 da Mirko?»

«Troppa gente, facciamo da me. Ciao.»

33

Casa + caso = caos

Bologna

«No, Genio, adesso non posso.»

«Sei sotto pompa?»

Gli occhi di Zeno si alzano dal tavolo della cucina e con imbarazzo raggiungono quelli di Eleonora che, spazientita, distoglie lo sguardo.

«Non proprio vecchio, ci sentiamo dopo, ciao.»

«Compra la dro...» *Tu-tu-tu.*

Il telefono di penultima generazione plana sul tavolo mentre Zeno si scusa per l'interruzione, provvidenziale, se non altro, per far prendere fiato a una discussione difficile. Perché va bene l'amore, va bene tutta la vita insieme, non ci lasceremo mai e via discorrendo. Va bene il futuro con i figli, gli animali domestici e i genitori da accudire. Vanno bene tutte le promesse che due innamorati possono farsi appena scoprono di essere innamorati. Va bene tutto, ma addirittura andare a vivere assieme? Adesso? Dopo appena qualche mese? Zeno non ci aveva mica ancora pensato. Diceva sempre: «Vieni a stare da me», senza sapere esattamente il significato di quelle parole. Un po' così, una proposta pigra dal suo appartamento pigro. Lei rispondeva sempre che voleva una casa tutta sua. E lui ancora a chiedersi che senso abbia, quando si possiede una casa gratis, andarsi a impelagare in un affitto o, ancor peggio, un mutuo. Un mutuo? Ma scherziamo? Così giovane?

Zeno sente un fuoco dentro, come un piccolo fiammifero all'altezza della bocca dello stomaco. Eleonora sembra calma, ma non nasconde un velo di collera.

«Zeno, guarda che io faccio sul serio.»

«Ci credo, però non capisco perché non fare prima un periodo di prova qui da me.»

«Perché non voglio vivere con i tuoi, quante volte lo devo ripetere?»

«Ma non ci sono i miei, stanno sopra, sono vicini ma non ci sono dentro. C'è una porta, ecco.»

«E poi cos'è che vorresti provare? Non vuoi stare con me?»

«Macché! È che non ero pronto all'argomento ecco, non ho studiato, mi giustifico prof.»

«Allora pensaci, amore mio, io sto già guardando un po' di case perché tra tre mesi mi scade il contratto. Se ti va di venire a vivere con me, cerchiamo insieme, altrimenti possiamo continuare a giocare agli eterni adolescenti innamorati. A me piacerebbe vivere con te, Zeno, per scoprire cose nuove e vedere che succede. Anche io ho un po' paura, penso sia normale, ma ho molta più paura di non avere la possibilità, o la voglia, di provare.»

L'amore di Zeno per questa donna è sconfinato: risolutiva e capace di leggergli nella mente la più articolata emozione, solo con lo sguardo e poche parole. Il piccolo appartamento sotto casa dei suoi adesso non sembra altro che una grande culla da cui fuggire. I mobili ereditati e le poche cose nuove comprate o riciclate; c'è tanto di lui dentro quelle mura e a ben pensarci c'è anche Eleonora, in questo momento, che lo aspetta al varco di una decisione. Non dopo, adesso.

Zeno brucia dentro, è qualcosa di simile a un caminetto. Allora è così che succede.

«Dove stai cercando?»

«Cosa?»

«La casa. Dove "staremmo" cercando?»

Eleonora sorride, il mondo crolla, la stanza esplode e le mani si stringono mentre Zeno sta andando a fuoco. Che effetto devastante può avere un sorriso.

«Ne ho trovata una molto bella. Dopo possiamo andare a vederla. Adesso facciamo l'amore.»

34

Fava

Bologna

Serata morbida, di quelle un po' noiose, Zeno è al bar con Eleonora e altri regaz del collettivo e la discussione, se non proprio morta, è almeno in coma. Niente di strano, visti i tempi di magra politica, di costume e società. È uno di quei momenti buoni per far succedere cose strane.

A quel punto il Cavolo irrompe tutto trafelato con un cucciolo di labrador tra le braccia, lo posa sul tavolo e con la voce spezzata dal fiatone attacca: «Regaz, non potete capire, ho conosciuto una, è matta, la amo, abbiamo deciso di comprare un'isola, ma lui non può venire. Pensateci voi. Bella regaz».

In un attimo lo smunto corpo del Cavolo si rilassa e il tempo si ferma per permettergli di incrociare lo sguardo di Zeno. È lo sguardo del: "Mi raccomando".

Poi di colpo si volta e fugge dalla porta. La stessa porta che, pochi istanti dopo, varca Genio appena reduce dal turno di lavoro.

«Cosa ha fatto il Cavolo, che l'ho visto filare via?»

Zeno ed Eleonora sono ammutoliti e con lo sguardo fisso verso quel batuffolo marroncino che non riesce a tenersi in piedi sul tavolo di finto marmo del bar di Luca. Genio incalza: «Ma soprattutto questo chi cazzo è? Luca, è tuo? Regaz non ditemi che è vostro. Zeno?».

«No, non è nostro, cioè, è arrivato il Cavolo, lo ha appoggiato qui e poi è andato via blaterando di una matta, di un'isola, non ho capito niente.»

Un cane, una morosa, un lavoro, trent'anni sulle spalle e soldi spesi al bar, una laurea, un motorino vecchio e tanti amici persi sulla strada della vita seria e responsabile, ultimo di questi il Cavolo, che probabilmente non vedremo mai più. Un peso insostenibile di malinconia che pulsa dietro alle tempie. Il piccolo canide continua a scivolare inesorabilmente sulla superficie liscia, si appoggia con il muso schiacciato e guarda verso l'alto alla ricerca di aiuto. Eleonora con la consueta grazia lo accoglie tra le sue braccia, e in quel momento Zeno pensa a Dino Fava.

Dino Fava, di professione attaccante, ha giocato nel Bologna nella stagione 2007/2008 collezionando svariate presenze e pochissimi gol, tipo due, che per un attaccante corrispondono il più delle volte a una stagione fallimentare. Invece quel Bologna, che militava in serie B, fu matematicamente promosso in A, a due giornate dal termine del campionato, proprio grazie al primo gol in rossoblu di Dino Fava. Dopo aver passato una stagione a correre dietro ogni pallone, lottare contro ogni avversario e fornire assist ai compagni, con l'Andrea Costa che con benevola ironia intonava: «Dino Fava gol, Dino Fava gol» proprio perché non segnava mai... Ecco, in fondo a quel campionato, in trasferta a Mantova, con Zeno e

Genio in curva ospiti ripieni di un imbarazzante quantitativo di birra e la pipì che non si teneva, Dino Fava segnava il suo primo gol. Un tiraccio rasoterra lento ma all'angolino, inesorabile, che valeva la promozione del Bologna in serie A e il tripudio dei sostenitori sugli spalti. Dino Fava divenne un idolo, forse oggi un po' dimenticato, ma comunque un idolo. Un campionato da gregario, sbeffeggiato e amato dalla piazza come solo Bologna sa fare e alla fine il premio della gloria eterna, conquistata con il sudore e anche un po' di culo. E non è il mediano di Ligabue, bada bene, perché il mediano è consapevole del fatto che deve fare il mediano, mentre l'attaccante dovrebbe stare in campo per fare gol. Invece Dino Fava si ritrova per tutto il campionato a fare altro e solo alla fine si rivela per quello che veramente è: un bomber. Ecco come si sente Zeno, dopo aver pensato ad altro per tutta la vita e aver visto i propri amici fare gol e portare a casa il risultato, ora anche lui può godere di questa gioia: un lavoro, una morosa e ora persino un cane.

Ma perché quest'amarezza, cos'è questa malinconia?

Dino Fava quell'anno era in prestito dal Treviso, dove tornò a fine stagione. Se ne andò da Bologna e probabilmente non visse mai più una gioia come quella del gol promozione. Calcisticamente, s'intende. Allora sarà paura di questo? Paura che certe cose non succedano mai più? Ora che hai tutto quello che hai sempre cercato, niente più sorprese, niente più prime volte e, certe prime volte, mai più. La sbronza più grande della tua vita? Fatta, non si può certo eguagliare o fare di meglio. La scopata più bella? Andata, magari è stata Eleonora, ma comunque non si ripeterà mai più su quei livelli. La prima volta che ti è piaciuto mangiare la pizza col salame piccante, il primo commento positivo sul tuo blog, la prima volta che hai passato la notte fuori di casa e rientrando hai salutato i tuoi che facevano colazione, tu, con la botta gigante e gli occhiali da sole. Non sono tutte cose belle, ma sono le tue e tu solo sai che certe esperienze non si ripeteranno. Allora ti impegni per godere appieno questo momento: il tuo gol promozione, quel cucciolo tra le braccia della tua bella e il lavoro che desideravi. Ti impegni ma non ci riesci. Una morosa, un lavoro e un cane.

«Genio, secondo te cosa fa adesso Dino Fava?»

«Mah, giocherà ancora in una squadra delle sue parti, avrà aperto un ristorante, oppure spaccia, che cazzo ne so.»

«Dino Fava, è un bel nome per un cane, vero?»

«Zeno non farlo, portalo al canile, mettilo su un altro tavolo e scappa, vendilo ai cinesi.»

Ma è ormai troppo tardi, Eleonora con gli occhi a cuoricino solleva il minuscolo animale e guardandolo negli occhi esclama: «Ciao piccolo Dinofava, benvenuto in famiglia».

35

Reportage Nothing

Parigi

Settimane di appostamenti, incrocio di dati, centinaia di ore al telefono e davanti al computer, staffetta tra Svizzera, Italia e Francia, una scopata che ancora oggi è un nodo irrisolto e un furto hanno portato alla stesura di un reportage accurato con nomi, date, accordi, qualche personalità, alcuni governi e, sopra tutti, Christian Shepard.

Michelle venne chiamata nel cuore della notte da Auguste, il caporedattore di «Le Monde».

«Preparati al peggio, Michelle.» E lei che immaginava, almeno, un forte consenso da parte dei lettori, sottovalutando ingenuamente i nomi citati nel suo reportage.

L'editore e il suo team di avvocati la mattina seguente convennero che, per quanto rischioso per l'intero gruppo editoriale, la Lacanti aveva sollevato il coperchio di qualcosa di incredibilmente importante per tutti. Il giornale non poteva farselo scappare.

Qualche giorno più tardi, «Le Monde» usciva con un'edizione corposa, contenente all'interno le numerose pagine di ricostruzioni e documenti. Il titolo era *Reportage Nothing* e a firmarlo era Michelle Lacanti. In poche ore il tutto circolava su Internet e la redazione aveva già stretto accordi per la ripubblicazione in tutta Europa, Nord e Sud America e alcune testate orientali.

In quei giorni Michelle aveva il telefono impazzito e la testa che non funzionava più, aveva ricevuto chiamate e messaggi da ogni grado di conoscenza e non, aveva ricevuto anche mail di complimenti e le prime minacce da mitomani.

Nessuno però si era fatto sentire dagli uffici di Shepard da Vevey. Non una telefonata in redazione o agli avvocati, non una comunicazione alla Lacanti. Questo spaventava più di ogni cosa Michelle e Auguste: sapevano come "il nemico" operava ed erano consapevoli che questa calma era solo un modo per prendere tempo e reagire nella maniera più precisa e chirurgica possibile, travolgendo in un colpo solo la giovane giornalista e i suoi colleghi.

Oggi, dopo dieci giorni di fuoco, le querele arrivate al giornale sono oltre la decina e il team di avvocati che se ne sta occupando dimostra una certa sicurezza, nonostante il caos creato dal reportage. Il clima in redazione è tuttavia tranquillo: molti colleghi hanno rivalutato la sua figura professionale da "arrivista" a "grande reporter", altri camuffano con questo atteggiamento una profonda invidia, classica di chi non riesce a svoltare la propria carriera, mentre Auguste cerca di dividersi tra la figura dello psicologo e quella del caporedattore dell'unica testata capace di smascherare Shepard.

I due sono seduti in un café poco distante dalla sede del giornale per pranzare assieme, lui con la solita calma da veterano, lei con la costante sensazione che qualcuno la stia osservando, all'inizio di una spirale paranoica che riconosce non esserle d'aiuto.

«Auguste, forse è meglio che me ne vada.»

«Cosa? Dal giornale?»

«Anche, non lo so, dalla città, dalla Francia. Per un po'.»

«Ma Michelle, per te questa è l'occasione per diventare un nuovo riferimento giornalistico, una voce che resterà importante anche in futuro!»

«Sì, ma...»

«C'è qualcosa che non ti piace? Il nostro modo di lavorare? Gli avvocati? La redazione? Io?»

«No, assolutamente, anzi grazie ancora, lo sai quanto è importante per me avervi accanto. È che credo di non essere all'altezza della situazione, del mio stesso reportage. Un conto è la professionalità che ho messo in campo e un altro è il modo in cui vivo queste situazioni. Semplicemente non ce la faccio. Non chiudo occhio da giorni, mi sembra più un incubo che la realizzazione di un sogno.»

«Ti capisco, però devi trovare le forze per andare avanti. È davvero un momento cruciale per te, per noi tutti. Hai fatto una grande cosa, ne sarai all'altezza, te lo garantisco.»

Michelle guarda fuori dalla vetrata del locale. Parigi è solo un angolo tra due strade e cielo lattiginoso. Dove sono quegli squarci estatici da film? Dove sono quei momenti in cui a questo punto succede qualcosa di rivelatorio? Parigi tace fuori dal locale, la vita di tutti scorre come sempre mentre quella cosa chiamata HMD la osserva.

«Michelle? Tutto bene?»

«Come? Sì, Auguste, scusa, ero sovrappensiero.»

«Non ti preoccupare.»

Il tono di voce di Auguste è stato rassicurante dal primo momento in cui Michelle lo ha incontrato per iniziare la sua esperienza al giornale e quel "non ti preoccupare" rilassa il respiro della giovane giornalista a sufficienza per poter confermare la sua decisione.

«Andrò per un po' da mia madre, in Sicilia.»

«Fallo solo se è un modo per raccogliere pensieri ed energie e non per scappare. Il futuro può essere tuo se lo vuoi, Michelle.»

«Non scappo da nessuna parte.»

36

Rotta per casa di Dio

Bologna

Mamma Rosa a stento trattiene le lacrime mentre nella testa elenca tutti i possibili errori, nella sua carriera di madre, che possono aver portato a questo momento. Nel mondo esterno, tutto questo infondato senso di colpa si traduce in una lunga serie di raccomandazioni senza senso.

«State attenti a tornare a casa tardi in quella zona lì.»

«Mamma, ho trent'anni.»

«Ma c'è il giardino per il cane? Guarda che poi dovrete raccogliere la cacca sotto i portici! Avete il videocitofono? Non vi serve una moka più grande? La trapunta della nonna che in centro fa più freddo, il ventilatore che d'estate fa caldo. Avete messo il climatizzatore? Non la volete l'affettatrice per il prosciutto? E come fate? Ma all'Esselunga andate? C'è la farmacia lì vicino, vero? E il parrucchiere per Eleonora? Prendetevi anche l'armadio della zia che noi non ce ne facciamo più niente ormai che siamo in due.»

«Mamma, stai tranquilla.»

«Ma abbiamo fatto qualcosa di male?»

«No, siete stati, siete e sarete sempre dei bravissimi e bellissimi genitori. Ma io ed Eleonora abbiamo bisogno di un posto tutto nostro dove iniziare una vita insieme. Sarà stato così anche per voi no?»

«Mocché mocché mocché*, tuo padre ha sempre vissuto in questa casa e quando sono arrivata io abbiamo mandato la nonna e il nonno al piano di sotto. Potevate farlo anche voi, vi risparmiavate l'affitto e così ero sicura che non morivate di fame.»

«Ce la caveremo, mamma. Ti voglio bene.»

Mamma Rosa incassa e abbraccia il figlio, poi appoggia le mani sulle spalle di Eleonora e mentre le elargisce due baci si raccomanda sul buon trattamento del figlio. Sembra un addio o, come minimo, un arrivederci per un lungo viaggio. I due giovani innamorati, invece, stanno semplicemente andando a trascorrere la prima notte nella loro nuova casa di via San Rocco, a 930 metri da casa De Marchi. Dieci minuti, a piedi.

«Non li volete altri due barattoli di conserva?»

«Ciao mamma, ci vediamo dopodomani a pranzo.»

* Tipica espressione bolognese volta a esprimere forte negazione attraverso la ripetizione (tre volte) dell'interiezione "macché".

37

In via dei Matti numero zero

Bologna

Via San Rocco non ha niente di particolare, oppure tutto, dipende da come la guardi. Situata in una ZTL senza telecamera, quindi agibile agli automobilisti più temerari, a pochi metri dai viali che delimitano il centro storico, presenta un bar, una gelateria, un ristorante e una pizzeria, un piccolo giardino e un'alta densità residenziale. La sua caratteristica principale è la collocazione a pochi passi da via del Pratello. Camminando fino in fondo a via San Rocco, infatti, si incrocia il ciottolato della via con la più alta percentuale di bar e osterie per abitante della città di Bologna.

Non è facile vivere in via del Pratello perché spesso la sera c'è un po' di casino, ma visto che il casino la sera c'è sempre stato, se qualcuno decide di andare a vivere in via del Pratello ne è ben consapevole. Chi si lamenta è meglio che vada ad abitare da un'altra parte, perché lì sarà sempre così. C'hanno provato a fare i comitati di quartiere e far chiudere i bar, in una certa misura sono anche riusciti a ottenere delle limitazioni, ma poi il Pratello è rimasto comunque il Pratello e se vuoi dormire senza sentir volare una mosca è meglio che vai ad abitare al Trebbo. Oppure, se non sei troppo radicale, in via San Rocco. Lì la sera si sente giusto un urletto ogni tanto, di qualche matto del quartiere. Sì, perché la zona pullula di matti. Una volta c'era il manicomio, al Pratello, poi l'hanno chiuso, giustamente, ma i matti son rimasti lì in giro. Son simpatici, quantomeno caratteristici.

Un tempo questa zona era la prima periferia della città e ci stavano le prostitute e i furfantelli, gli esclusi e la povera gente. Con il passare del tempo si è costruita la nomea di luogo aperto e solidale, cuore di una Bologna che resiste alla barbarie dell'atomizzazione delle esistenze, dell'ognuno per sé e Dio per tutti. Non so se avete presente uscire di casa e salutare la gente per strada, incontrare gli amici al bar e fermarsi qualche minuto a chiacchierare con il panettiere. Sono cose che a Milano, o Roma, o Londra o New York non credo succedano così spesso. Anche se adesso, all'apparenza, Bologna sembra più uniformarsi alla moda del vecchio per forza, del retro-modernariato-vintage, radical freak & chic e tutta quella roba lì. Va detto, però, che si sta bene un bel po'.

Mentre il piccolo Dinofava grufola l'erbetta del parchetto immerso nei palazzi, Zeno ed Eleonora, sorseggiando una Forst da 66 appena presa da Allam, l'alimentari all'angolo, si scambiano qualche sguardo e poche parole, respirando l'aria della sera che sta arrivando.

«Te l'aspettavi?»

«Cosa?»

«Di finire qui, a vivere con me.»

«Be', dipende. Un anno fa no, non ti conoscevo nemmeno. Poi "finire" è un brutto verbo, abbiamo appena cominciato, Zeno.»

Quelle labbra e quella voce, ogni volta, fin dalla prima, ricordano a Zeno la sua posizione di prescelto, fortunato vincitore della lotteria sentimentale. Ragazzo intelligente, certo, pigro ma dotato delle intuizioni giuste, chissà se riuscirà mai ad accettare con disinvoltura la presenza della donna più bella del mondo accanto a lui.

«Quando l'hai capito?»

«Oh, madonna!» Eleonora sorride e scuote la chioma girando la testa dall'altra parte per prendere qualche secondo di pausa. «Riuscirò mai a farti stare sereno? Guarda che anch'io mi faccio delle domande, anch'io ho dei dubbi. Va bene, sai quando l'ho capito? Leggendo il tuo blog, prima ancora di conoscerti. Ho trovato me stessa nelle tue parole, ho provato sollievo e piacere nel sapere che qualcuno condivideva i miei stati d'animo. Poi, quando ti ho incontrato e ho saputo che eri la stessa persona che scriveva quelle cose, ho pensato alla casualità della vita e ho capito. Ho capito che avrei fatto di tutto per tenerti vicino a me.»

Zeno ha gli occhi spalancati mentre il piccolo Dinofava si avvicina ai due zompettando.

«Ah. Perché non me l'avevi mai detto?»

«Ancora domande? Perché mi vergognavo, avevo paura mi scambiassi per una matta.»

«Quindi qualcuno che legge il mio blog può essere considerato un matto?»

«Be', i primi post sì. Dài. Non proprio un matto, ma uno con dei problemi. Come me, come te. Quei problemi

del cazzo sul senso della vita. Che se poi ci pensi un po' ti passa e andiamo a vivere insieme.»

I due si fermano un attimo a guardare Dinofava mentre insegue una falena. È calata la sera e comincia a fare fresco, è quel momento del giorno che gli ricorda sempre il loro primo bacio.

Le mani si stringono e gli sguardi si incrociano.

«Ci prendiamo una pizza stasera?»

38

Interludio

Facciamo il punto della situazione.

Quanto manca alla fine della storia?

I nostri protagonisti moriranno veramente?

Ci dobbiamo aspettare la comparsa di nuovi personaggi?

Ma le cose che succedono, succedono veramente anche nella realtà?

Ora, i canoni della letteratura contemporanea imporrebbero un certo riserbo nell'invadere lo spazio privato della lettura di ognuno di noi, lo capisco. Perché in fondo, il mondo che ci siamo costruiti insieme ai personaggi è una cosa nostra, ci appartiene, non vogliamo che nessun autore interferisca con il nostro piccolo universo. Quello che dovrebbe fare un romanzo è intrattenere e non rompere le palle con tecnicismi e continue infrazioni del codice. Rispetto, ci vuole. Non possiamo certo lasciarci rovinare la lettura da un autore invadente e rompicoglioni.

Avete ragione.

Ancora qualche pagina.

Sì.

Uno solo, importante, ma arriva subito.

Solo se lo volete.

39
Christian Shepard

Londra

Sono passati pochi giorni dall'uscita del *Reportage Nothing*, firmato da Michelle Lacanti, giovane giornalista di «Le Monde», che aveva scatenato l'opinione pubblica globale. Christian Shepard non poteva certo assistere inerme a quella che, per lui, era pubblicità tutt'altro che positiva. Aveva messo così in piedi un muro di difesa, chiamando a raccolta tutti i media "amici" e allungando ricompense a quelli meno amici.

Tutto costruito *ad hoc*.

«Non c'è niente di illegale e tantomeno nocivo nel progetto che stiamo portando avanti, la segretezza che abbiamo mantenuto fino a oggi era solo una precauzione, atta a evitare quello che purtroppo sta succedendo: una mistificazione dei fatti, strumentale all'interesse dei media e alle grida di protesta dei poveri cittadini abbindolati dagli slogan su Internet. Noi non stiamo rubando dati, li stiamo semplicemente mettendo in ordine. Le informazioni che utilizziamo sono a disposizione di chiunque e tutti, chi prima chi dopo, hanno acconsentito al loro utilizzo.»

«Dottor Shepard, perché la sua holding, Nothing S.r.l., dovrebbe interessarsi della raccolta e catalogazione dei nostri dati sensibili?»

«Lo strumento che stiamo costruendo sarà estremamente utile alla nostra mission. Il nostro obiettivo è diminuire i conflitti, salvare delle vite. HMD ci aiuterà a realizzare piani strategici per la salvaguardia delle zone a rischio. Ci darà dei consigli utili.»

Lo studio televisivo è molto più piccolo di quanto si possa immaginare dalle riprese, i grandi schermi con proiezioni astratte e l'illuminazione studiata alla perfezione trasmettono familiarità e tranquillità. Il giornalista accigliato muove continuamente il capo in segno di approvazione, mentre l'ospite di quella puntata speciale si cimenta nella sua, precisa quanto preparata, arringa.

«Non vi sentite colpevoli nell'invadere la privacy di milioni di persone? Studiandone e catalogandone le azioni, i gusti, le intenzioni?»

«Solo qualche anno fa questa nostra attività non sarebbe stata eticamente ammissibile, oggi invece le persone sono ben disposte a fornire i propri dati in cambio di una società più sicura e funzionale ai propri bisogni. Ripeto: non abbiamo scopo di lucro, non siamo noi i cattivi. Il nostro obiettivo è rendere questo mondo un posto migliore e lo facciamo, ogni giorno, aiutando le persone in difficoltà. HMD sta per Human Media Development. Questa innovazione tecnologica è una grande conquista per la nostra società e un notevole passo in avanti nel lavoro della nostra organizzazione.»

«Avete raccolto dati per anni, ora questo sistema vi

permette di utilizzarli, non crede però che questo possa condurre a scenari orwelliani?»

«La tecnologia offre possibilità sconfinate, ma noi vogliamo utilizzarla per fare del bene e non come mero strumento di controllo. Crediamo nella possibilità di una società più equa, con giustizia e opportunità per tutti, e HMD ci può aiutare in questo.»

«Ha detto che i dati raccolti sono pubblici, a disposizione di tutti. Perché dunque avete dichiarato di volerne detenere l'esclusiva sull'utilizzo?»

«Per due motivi: il primo è che HMD è un prodotto tecnologico, non è un semplice archivio. I dati sono stati raccolti e implementati in un sistema di calcolo di nostra realizzazione, senza il quale sarebbero inutilizzabili; il secondo motivo è strettamente legato ad alcune delle perplessità che sono emerse in questi giorni.»

«Ovvero?»

«Se HMD finisse nelle mani sbagliate, non farei fatica a immaginare scenari orwelliani, come dice lei. Un utilizzo nocivo dei dati creerebbe l'effetto contrario rispetto agli obiettivi per cui è stato avviato il progetto. Diseguaglianza e ingiustizia sarebbero ancor più accentuate. E questo va evitato nel modo più assoluto.»

«Bene, ringraziamo il dottor Shepard, amministratore delegato della Nothing S.r.l., per aver fatto chiarezza sulla vicenda che nei giorni scorsi ha scatenato l'indignazione di tutto il mondo. Certo, il dibattito sarà ancora lungo e acceso, ma speriamo di aver dato il nostro contributo affinché tutto si risolva per il meglio. Buonasera.»

La pubblicità della nuova ammiraglia Audi prende posto sugli schermi di milioni di telespettatori in tutto il mondo, la BBC registra il suo record stagionale di share mentre, nel piccolo studio, Shepard stringe la mano del cronista e si dirige verso il camerino. Lontano dalle telecamere, ma davanti a uno specchio: va tutto bene.

Tuuuu... tuuuu...

«Sissignore, buonasera signore!»

«Dottore, spero che abbia seguito con attenzione la trasmissione.»

«Certo, signore.»

«E anche il Generale.»

«È qui con me, signore.»

«Bene, allora avrete capito qual è la linea da tenere.»

«Sì, certo, è stato molto bravo, signore.»

«Voi invece siete stati degli incompetenti, il progetto lo gestite ancora voi solo perché nessun altro è in grado di farlo.»

«Non sappiamo come sia potuto succedere, signore.»

«Sì, certo. Ora vedete di non fare altri danni e continuate a lavorare.»

«Sissignore. Ma...»

... Tu-tu-tu...

Menzogne, politica, retorica, gli occhi si guardano nello specchio. Essere buoni non è così facile. Il mondo ti vuole cattivo e tu, dottor Shepard, devi stare in piedi e resistere per salvarlo.

40

Amore e cani

Via San Rocco, Bologna

È difficile trovare il momento esatto in cui una relazione, nata dal desiderio e dalla spontaneità, diventa qualcosa di più grande e responsabile, un tacito patto in cui le parti si prendono in carico di essere l'una compagna dell'altra. È più facile individuare il momento in cui una storia finisce, perché non era il momento, perché non era la persona giusta, perché, semplicemente, non era. Nel nostro caso, dove i fidanzamenti non sono ufficiali e il matrimonio non è un'opzione prevista, la relazione semplicemente si consolida nel tempo, in un'evoluzione continua e mai davvero esplicita.

Eleonora e Zeno, pochi giorni dopo il loro primo, quasi casuale e nondimeno efficace appuntamento, erano andati a Roma a manifestare. Lei con il megafono, in prima fila a coordinare il corteo degli studenti emiliani, lui poco distante, defilato e in compagnia dell'eterno amico Genio. Nel trambusto, rapide occhiate di intesa; persino nella bolgia dei fumogeni e delle cariche della polizia. Quella giornata fu un disastro: il governo ottenne la fiducia per pochi voti e i media dipinsero il movimento come la solita accozzaglia di facinorosi devastatori di città. Da lì a pochi giorni, il Parlamento avrebbe approvato la riforma dell'istruzione, lasciando Eleonora e il movimento tutto orfani sconfitti di una lotta senza un vero vincitore. Ma nell'inferno di quel giorno gli occhi di Zeno, gravidi del ricordo delle notti d'amore, facevano ancora parte delle cose che si possono definire belle, se non per il movimento, almeno per l'anima fragile di quella giovane ragazza.

Nei mesi successivi i due divennero una coppia a tutti gli effetti, sempre sostenuti da quel gioco di sguardi, insieme alle mani, alle parole e all'odore delle coperte al mattino.

Oggi Eleonora e Zeno si godono il momento in cui si sta assieme senza più avere paura di perdere nulla: l'altro, un appartamento in affitto in centro, il piccolo labrador Dinofava e i pensieri che sfilano via nelle giornate affaccendate di entrambi.

Eleonora è sempre la stessa, anche se ora ha un impiego full time come assistente di Savataferle e continua a essere il punto di riferimento per quello che ancora viene definito "movimento". La sua passione politica sembra non aver subìto il trauma che ha colpito, più o meno significativamente, tutto quello che le sta attorno.

Zeno scrive e questo può bastare, se accanto a te c'è la donna più bella del mondo e quello che fai è una delle cose che avresti sempre voluto fare, non ti importa dello stato di precarietà e delle scarse finanze, in qualche modo i problemi si risolvono, basta esserne consapevoli, basta essere felici.

Nessuno si aspettava il *Reportage Nothing.* Eleonora e Zeno avevano guardato insieme quella trasmissione di propaganda camuffata da talk show, seduti sul divano di casa, collegati allo streaming della BBC. Zeno, colto da fascino e disgusto allo stesso tempo: l'artifizio mediatico messo in piedi da Shepard era qualcosa da scuola di "giornalismo di regime"; Eleonora, assorta e concentrata, la sua testa già intenta a sviluppare una narrazione politica su quanto stava succedendo.

Tutto attorno un odore misto di panni umidi messi a stendere, cane e deodorante alla mela verde.

41
Voci dal lago

Vevey

Digita sulla tastiera: "Sono stato io". Cancella. "È colpa mia." No, ancora. "Mi assumo le mie responsabilità." Già, lo sta facendo. Chiude gli occhi e bisbiglia tra sé e sé: «È che non ci ho pensato prima, ma chi ci avrebbe pensato prima? Sono solo un uomo, come essere umano posso fallire, come fallimento ci sono riuscito in pieno».

Tira vento lungo il lago, e la giornata è fredda e cupa, esattamente come il suo umore. La vita attorno alle rive continua insistente malgrado tutto: le persone sembrano riuscire a staccarsi dall'entropia del tutto e concentrarsi solo sui propri percorsi di vita. D'altronde, come potrebbe essere altrimenti? Non è forse uno dei motori dell'aumento del caos il fatto che ognuno riesca a pensare solo al proprio interesse?

«Che posto di merda.»

A Vevey visse per un periodo anche Jean-Jacques Rousseau. Il Generale Arnaud non ne conosceva granché il pensiero prima di trasferirvisi, ma negli anni ne era diventato un estimatore. L'accanimento con cui il filosofo svizzero si era lanciato contro le convenzioni della sua epoca e certi suoi atteggiamenti l'avevano conquistato.

Nel suo passato, il Generale poteva vantare grandi cose: per due decenni aveva prestato servizio prima nell'esercito francese e poi in forze internazionali, partecipando ad azioni sempre più complesse e segrete. In quei due decenni aveva imparato quanto male l'umanità avesse fatto al pianeta e a se stessa, non solo attraverso guerre e crimini, ma con la sistematica distruzione di tutte le risorse naturali. Indossare una divisa non l'aveva reso cieco, almeno non completamente, e più il tempo passava più gli sembrava inaccettabile il compromesso che richiedeva a se stesso. Così, a un certo punto, aveva appeso gli anfibi al chiodo. La sua squadra e i suoi superiori avevano finto di sostenerlo: qualche mese a incarichi ridotti, un periodo di lavoro alla scrivania e un costante sostegno psicologico per reintrodurlo alle regole della società civile. Ma il grande dogma era uno solo: hai visto così tanto e sai così tanto che non ti lasceremo mai andare per davvero.

E così, dopo un breve periodo di gustosa disoccupazione spesa tra Australia, Nuova Zelanda e il proprio Paese natale, una sua vecchia conoscenza più alta in grado l'aveva chiamato per conoscere questo businessman: Christian Shepard. Dopo tre giorni dal loro incontro, il Generale Arnaud si trasferì a Vevey, convinto da un ideale più vicino ai suoi pensieri, convinto dalla possibilità di creare un futuro vero per quel mondo che aveva visto quasi esclusivamente barricato dietro la canna di un'arma da fuoco e per il quale provava un'infinita compassione. Era stato convinto che ci fosse ancora la possibilità di correggere tutti gli errori che l'umanità aveva compiuto, compresi i suoi.

Da quanto tempo era diventato un alcolista? Da quanto tempo aveva smesso di credere anche in questo progetto? Da quanto tempo aveva lasciato una prigionia per entrare in una nuova, forse ancora più forzata? Si pensò come un eterno schiavo e, guardando il lago, desiderò di annegarci dentro sperando che non ritrovassero mai il corpo, che le stupide correnti di quello stupido lago se lo portassero via, che lo mangiassero i pesci o i lupi scesi a riva.

«Che posto di merda.»

Ripensò alla conferenza stampa di Shepard e alla sua perfezione da burattinaio, allo sguardo da pazzo del Dottor Negroponte, forse il suo più fidato burattino. Cercò di richiamare alla memoria altre persone con cui aveva visto Shepard dal vivo, ma non ci riuscì. Solo la sua segretaria, il giorno del colloquio, e poi mai più nessuno. Tutto organizzato perfettamente per tenere lui, il Dottore e il progetto HMD isolati dal mondo.

Ora, per colpa sua, HMD lo conoscevano tutti mentre lui era ancora qui, solo, davanti a un lago che pareva d'acciaio.

«Che stronzo.»

42

Al Pradél

Via del Pratello, Bologna

“Cercasi laureati, dottorandi o professori, ambosessi, per formare band post-punk-psycho-rock-new-wave di culto e girare il mondo con un certo intelletto. Rodrigo 3353473979.”

«Pronto, Rodrigo?»

«Sì...»

«Ciao mi chiamo Eugenio, ho visto il tuo annuncio al Pratello e ci sto di brutto!»

«Grande! Cosa suoni?»

«Ah no, io canto.»

«Ah be’, anch’io.»

«La chitarra non la sai suonare?»

«Be’ certo, ma anche tu immagino.»

«No, io no, io faccio l’autista.»

«Ah, comunque avevo pensato di cantare io e cercavo musicisti.»

«L’annuncio non diceva così.»

«In effetti, in cosa sei laureato, Eugenio?»

«Ah no, non sono laureato, però sono di culto e ho un certo intelletto.»

«Mi dispiace ma cerco solo laureati.»

«Razzista.»

«Come scusa?»

«Cosa sarebbe questa discriminazione? Cosa hai fatto te, canaglia? Il DAMS? Eh? Credi di essere meglio di altri perché hai una laurea in Discipline dello spettacolo? Ma fammi il piacere, va'! A zappar la terra, a lavurèr! Altro che band di culto!»

«Ma allora perché mi hai chiamato, scusa?»

«Per insultarti, coglione.»

Genio schiaccia il bottone rosso sullo schermo del telefono, lo lancia sul tavolo e con un sospiro si rivolge a Zeno.

«Scusa, ma non potevo esimermi dal farlo.»

«Hai fatto bene.»

Le due birre ghiacciate sudano bollicine di condensa dai bordi dei bicchieri, Bologna è calda e il Pratello sta iniziando a ripopolarsi di giovani e meno giovani alla ricerca di qualcosa di non ben definito che, per convenzione, chiameremo speranza.

«Sei riuscito a rimettere in sesto il 54 posti?»

«Sì, ormai abbiamo finito, un lavoraccio» fa, accendendosi una sigaretta.

Genio e suo padre avevano rilevato da un'officina di mezzi pesanti un pullman Mercedes praticamente nuovo, incidentato, pagandolo un prezzo ridicolo. Ci avevano lavorato un anno intero per rimetterlo in strada senza spenderci una follia e ora era pronto per unirsi alla flotta dell'azienda di famiglia.

«Chissà cosa starà facendo il Cavolo»

«Possiamo chiederlo a quel criminale di Cristiano Pastore, visto che ha deciso arbitrariamente che può sapere tutto di tutti.»

«Che roba. E noi qui a bere birrette mentre il nostro Shepard filantropo-benefattore-messia di stocazzo fa quel che gli pare. Ci preoccupavamo della politica italiana e alla fine la merda è venuta fuori a livello globale. E noi a non fare un cazzo come gli stronzi che siamo. Eleonora che dice?»

«Il collettivo si sta mobilitando, ma non hanno idea di come affrontare la cosa.»

«Io dico che bisogna andare a rompergli il culo.»

«Eh Genio, la fai facile, tu.»

«Non credo che sia così facile rompergli il culo. Però va fatto. Non possiamo esimerci dal provare a farlo.»

43

Tramonto mediterraneo

Ortigia

Il chiacchiericcio sembra diminuire con il calar del sole, l'instancabile suono delle onde si confonde con quello del porto, i passi sulla piazza incendiata, il respiro di un mare che per millenni ha portato su di sé greci, normanni, sunniti, romani, africani, arabi che lentamente sono poi diventati italiani, spagnoli, tunisini, algerini, libici, turchi, egiziani, palestinesi e poi infine Unione Europea ed estranei. Altri. Altri altrove.

Uno dei mari più pescosi al mondo, la culla e il ventre materno di quella civiltà che abbiamo amato e distrutto, teorizzato e poi esportato a colpi di bombardamenti a migliaia di chilometri di distanza. In nome di questo mare abbiamo ucciso e uccidiamo, lasciamo morirci dentro uomini, donne, bambini, anziani, piccole resistenze al terrore e alle guerre che guardano ancora a questa pozzanghera calda come alla rinascita, come alla sede del proprio futuro. Il tempio di Minerva assiste silenzioso da millenni, incapace, in questo incendio di Mediterraneo, di correggere con la sua bellezza le brutture a cui l'umanità ha saputo dar vita.

Michelle si sente un frammento di nulla all'interno della storia, un minuscolo assaggio in questo mondo fatto di uomini che cercano di piegare ogni cosa alla loro dimensione per potersi sentire sempre più grandi. Ha la testa piena di pensieri mentre il telefono, staccato, rimbalza centinaia di telefonate. Si domanda se ne è valsa la pena, se sarà mai forte a sufficienza per gestire questo domino che le si è abbattuto contro e la tormenta.

"Abbiamo l'ambizione di controllare tutto. Abbiamo l'ambizione di controllare tutti."

Ortigia diventa sempre più rossa, la vita va avanti prescindendo dalla sua personale e stupida tragedia da ficcanaso. A poche centinaia di metri l'attende la madre per cena, un rifugio per l'anima e un modo per mettere a tacere i propri dubbi. O per scordarsene, almeno per il tempo di un pasto davanti all'enorme distesa d'acqua.

Controlla il telefono, riattivando la linea. Una valanga di messaggi di chiamate ricevute, di richieste, di avvoltoi e di grandi maestri, due amiche preoccupate.

"Chissà, Arnaud, come stai."

Il dolore alle volte è maggiore di quello che avrebbe sospettato: ha rischiato e ha vinto. Ma a che prezzo? E per chi? Le settimane passate a parlare con lui, a raccogliere materiale, a fingersi un'altra, a prendere in giro come una miserabile un essere umano per il solo scopo di arrivare lì dove nessuno aveva pensato di arrivare. Come ci si libera da tutto questo? "Come stai, Arnaud?"

L'ennesima chiamata in entrata. L'ennesimo numero sconosciuto. Non si può sempre scappare.

«Pronto?»

«Michelle Lacanti?» domanda una voce di donna lontana, forse in vivavoce.

«Purtroppo sì.»

«Purtroppo? Lo sai quanto è importante quello che hai fatto?»

«Me ne sto accorgendo. Non fanno – anzi, non fate – altro che continuare a chiamarmi e cercarmi. Ho scritto un reportage, ho fatto il mio lavoro, adesso non faccio altro che ricevere venerazione e minacce, minacce e venerazione. Tu cosa vuoi?»

«Invitarti qui, a parlare del *Reportage Nothing*. Ci sarà un incontro pubblico e volevamo avere la possibilità di chiarire alcuni punti direttamente con l'interessata. Né venerazione né minacce.»

«Qui dove?»

«All'università di Bologna.»

«Ma tu chi sei?»

«Mi chiamo Eleonora, coordino la Rete nazionale ricercatori universitari, stiamo cercando di costruire un momento di confronto per le mobilitazioni che seguiranno la pubblicazione del tuo reportage. Sul piano nazionale sarà un evento molto importante, probabilmente l'unico che ti darà la possibilità di dire la tua senza la mediazione di giornali, TV, o quant'altro.»

«Ci sarà una mobilitazione?»

«C'è molta gente incazzata che non crede a una parola di quello che dice Shepard.»

«Fanno bene.»

«Allora verresti?»

«Non lo so, ci devo pensare. Questa cosa ha cambiato la mia vita, non so se sono pronta a diventare un personaggio pubblico. Sto dicendo di no a tutti e non so neanche perché ho risposto al telefono.»

Il silenzio dura meno di una ventina di secondi. Sembrano pochi? Contateli.

A riprendere parola è Eleonora. «Per quanto possa contare, io credo che ci sia bisogno di persone come te. Se hai avuto il coraggio di fare quello che hai fatto, sicuramente non ti manca la forza per affrontarne le conseguenze. Oppure sì? Oppure Michelle Lacanti è una codarda che non sa assumersi le responsabilità delle proprie azioni?»

«Oppure non sono niente di tutto questo. Non sono codarda e nemmeno particolarmente coraggiosa, ma solo una giornalista inesperta e incosciente.»

«Perché, non lo rifaresti?»

«...»

«...»

«Quando è l'incontro?»

44

Per un mondo profumato

Vevey

Andare al lavoro non era più la stessa cosa. Dopo le prime settimane, in cui era impossibile riuscirsi ad avvicinare all'edificio senza essere fermati da un giornalista, ora il tragitto si era trasformato in una corsa a ostacoli, con i tranelli e gli inganni necessari ad aggirare il nemico.

Il Dottor William Negroponte odiava tutto questo. Lui che sempre avrebbe voluto fare le stesse cose, nello stesso ordine maniacale e compulsivo, ora, ogni mattina, si trovava a dover inventare percorsi alternativi, fingere ogni giorno qualcosa di diverso. Per fortuna la sua faccia non era in nessun modo riconducibile al progetto HMD.

Quegli sciacalli conoscevano il luogo: gli uffici centrali della Nothing S.r.l.; conoscevano Shepard: l'amministratore delegato a capo della holding. E conoscevano il progetto: Human Media Development. Ma nessuno sapeva che era lui, il Dottore, a occuparsene, insieme a quello scellerato del Generale Arnaud. Nessuno sapeva che HMD non significava, in realtà, Human Media Development, ma Human Memory Disk, un cervello collettivo digitale capace di correggere l'errore umano e rigenerare una società limpida. Poco importava che questo prevedesse l'eliminazione dell'esistente, grazie alla brillante interpretazione del Capo durante l'intervista alla BBC. Ora i media associavano il progetto allo sviluppo di una tecnologia per favorire la pace e l'equità nel mondo. E poco importava se una consistente parte della popolazione mondiale li considerava dei criminali della privacy, dei ladri d'identità maniaci del controllo, egemoni approfittatori di condivisioni e clic. L'importante era che il progetto andasse avanti.

Oggi il lago puzza di pesce morto e dal finestrone dell'ufficio, all'ultimo piano, si riesce a percepire l'aria estiva fermentare insieme al sudore degli esseri umani che passeggiano sulla riva, lo smog delle automobili e il fritto dei due ristoranti cinesi poco oltre. Che schifo. Il mondo non ha bisogno di equità e pace, il mondo ha bisogno di un altro mondo.

Il Dottore attende l'arrivo del Generale. Oggi non si terrà tutto dentro, oggi lo deve sentire. Quando Arnaud varca la porta dell'ascensore, nonostante la paura, Negroponte attacca.

«Hai visto cos'hai combinato?»

Il Generale non se lo aspettava: sono passati mesi dalla pubblicazione del reportage e fino a quel momento il Dottore non gli aveva più rivolto la parola.

«Fammi capire, te ne sei accorto adesso?»

«Certo che no, ma ho paura di te. Avevo paura di te dall'inizio, sei un matto psicopatico.»

«Ah, io?»

«Hai visto quegli avvoltoi là sotto?»

«Ho fatto una cazzata, Doc, lo so bene, ma per favore non rompermi il cazzo più di quanto già lo faccia il dover convivere con questo senso di colpa.»

«Sei un dilettante, stupido, ubriacone e sei ancora qui solo perché il capo non voleva rimpiazzarti con un altro rincoglionito come te, ti ha voluto risparmiare. Quello sarebbe capace di farti fuori per mantenere il controllo del progetto!»

«Credi che non lo sappia? Secondo te perché sono ancora qui?»

«Ma è ovvio, per il progetto!»

«No, Doc, a me del progetto non me ne frega più niente. Sono qui perché se me ne vado quello mi fa fuori.»

«Come non te ne frega più niente? Allora sei davvero matto! Grazie a noi l'umanità sopravvivrà all'estinzione, non credi che ne valga la pena?»

Il Generale tira fuori una sigaretta dal pacchetto, la accende e raggiunge la finestra aperta, accompagnato da due ampie boccate.

«Credi veramente che stiamo salvando il mondo?»

«Certo, non ho alcun dubbio. L'unico mio rammarico è che non riusciremo a vedere il frutto della nostra opera. Moriremo prima che muoia il mondo.»

«Sei tu il pazzo.»

Il Dottore per un po' rimane in silenzio, fissa lo schermo mentre il fumo della sigaretta, appena uscito dalla bocca del suo collega, gli accarezza la sommità pelata del capo. Pensa che in fondo deve essere lui a guidare il progetto per una nuova umanità. Nessuna gloria o banali ricompense. Una nuova grande intelligenza collettiva, pronta a rigenerarsi e autoalimentarsi nel futuro che essa stessa delineerà. Poi, senza distogliere lo sguardo dal monitor: «Generale, io sarò pazzo ma almeno ho un obiettivo da raggiungere. Non mi importa dei giornalisti, né di te. Sono più di dieci anni che ci lavoro e probabilmente ce ne vorranno altrettanti. Voglio finire quello che ho cominciato, voglio dare un futuro all'umanità. E tu, invece, cos'hai?».

«Io non ho più niente.»

«Allora mettiti al lavoro. Anche se sei un pazzo demente ubriacone, forse con una mano posso metterci qualche anno in meno.»

«Fottiti.»

«Allora buttati di sotto.»

«E se ti ci buttassi io?»

45

Quando Internet era pieno di cose gratis

Bologna

La Pescarola tramonta tra le ultime periferie bolognesi, un aereo come al solito passa basso nel cielo coprendo tutti gli altri rumori. Il turno è finito da quasi mezz'ora e i bisogni primari di socialità e alcolici riempiono la testa del giovane autista. La Mazda cabrio va in moto soave e leggera, Genio aggiusta lo specchietto retrovisore e controlla che nessuno passi per il vialetto di casa facendo manovra.

Da via Zanardi a Santo Stefano attraverso la periferia ovest e dentro il collo di bottiglia di Porta Lame, pochi insospettabili a zonzo per le vie del centro in un orario che sembra essere studiato per il cambio di turno nella vita cittadina. A casa, gli impiegati e gli operai, fuori dalle gabbie, gli studenti e quelli che, come Genio, hanno bisogno di sfogare il proprio mondo interno avendo qualcuno davanti con cui parlare.

L'ultimo slalom in via Castiglione tra una bici, l'anziano con il cane e il pakistano che butta la spazzatura, l'ultima svolta a sinistra ed eccolo: il parcheggio comodo. L'equivalente di Pasqua e Natale assieme, l'anello NBA, il Sacro Graal della vita urbana.

Auto chiusa, chiavi al moschettone attaccate ai jeans. Dieci minuti secchi, sorriso largo quanto il passo verso il bar.

«Oh Droga, un pastis con acqua frizzante.»

«Barbaro.»

«Io? Sono un principe, non capisci il gesto estetico.»

«Si vede che non ho fatto le scuole giuste.»

Luca, con la miglior mimica facciale del quartiere, comunica il "faccia da cazzo" a Genio mentre prepara il pastis con acqua frizzante, ognuno in trincea dietro la propria parte di bancone.

«Anche oggi siamo i soliti tre stronzi, eh.»

Alzano tutti e due lo sguardo al locale pieno di fuorisede pugliesi, studenti di Scienze politiche, aspiranti cineasti della strada e del folklore urbano che popola il bar a quell'ora.

«Mah, io ne vedo uno solo.» Il bicchiere di pastis passa dal produttore al consumatore.

«Colpa dell'industria del caffè.»

«Senti, Uomo Ragno, perché non vai a fumarti una paglia in veranda?»

«Bravo, ti assumo come medico personale. Quanto vuoi?»

«Pedala, dài.»

La clientela è quasi delle migliori occasioni: Bonzo beve un Fernet e Cola con Marianna, ha la faccia di quello che stasera guida lei e saluta il Genio da lontano con un sorriso largo come un abbraccio. Il Bomber sta dietro a due ventenni le cui età sommate non fanno la sua, già a un buon livello di cottura. Alle sue spalle un rumore di motorino simile a uno stridore di fresa preannuncia l'arrivo di Zeno, che passa di fianco al Bomber cercando di rallentare e apostrofandolo con un classico: «Ciao, fattanza!».

Il motorino non rallenta a sufficienza e finisce qualche metro oltre la veranda del bar, continuando ad assordare i presenti.

«Dài, Zeno, spegni quel bagaglio e vieni qui a sederti.»

«Porta rispetto!»

La discussione in questi giorni ruota sempre attorno a Shepard, HMD, la Lacanti, giusto o sbagliato, progresso e contropotere. Genio ha elaborato, lavorando a stretto contatto con la società civile, un'opinione sui fatti e, ora che l'audience sembra essere al completo, è pronto per l'arringa.

«Allora regaz. Siete oggi qui riuniti per ascoltare quello che ho da dire e diffonderlo nel mondo, stasera siete come i miei apostoli. Quel coglione di Shepard ha superato chiunque nella classifica dei più stronzi di tutti i tempi, persino i governi di questo Paese, che come sapete per me rappresentano il male estremo. Ed è un vero problema prendersela con qualcuno quando non è un politico. Questo qui non è un fantoccio eletto dai noi quattro stronzi del popolo, ma un abile pezzo di merda che gioca con le nostre vite. Ha messo insieme tutto quello che abbiamo lasciato gestire, come dei coglioni, alle varie società online e ora lo sta rivendendo come se fosse suo, spacciandolo per giunta come una tecnologia provvidenziale per l'umanità. Ma scherziamo? 'Sto mitomane avrà messo in piedi tutto 'sto ambaradan per fare ancora più soldi e comprarsi nuovi yacht, nuove droghe, nuove mignotte, delle isole, degli Stati nazionali, stock option su Marte, chissà che cazzo ci compra uno con tutti quei soldi. Per quello che ne so io, nessun coglione dovrebbe governarci e nessuno dovrebbe governare i coglioni che ci governano. Tutti dovremmo fare il cazzo che ci pare, come quando non c'erano i cellulari o quando Internet era pieno di cose gratis. Vi ricordate? Tutto si scaricava, tutto si crackava, l'epoca d'oro del web, quando ancora nessun pezzo di merda ci aveva messo mano per arricchirsi alle nostre spalle. Musica gratis, film gratis, software libero anche se non era libero. Quella era una cazzo di terra fertile su cui costruire il benessere. Oggi o sei un hacker oppure devi pagare tutto, Netflix te lo danno un mese gratis poi paghi a vita, Spotify se non fai il Premium ti ritrovi a cantare i jingle e interpretare le voci della pubblicità sotto la doccia! Napster era un'altra cosa, MySpace era divertente. Da Facebook in poi è iniziato il degenero. Dice: "È gratis e lo sarà sempre"... per forza, ti ruba la vita! La capacità di selezionare le informazioni non c'è più, l'intrattenimento ha cambiato regole, non c'è più poesia, non c'è più libertà, poi arriva una nuova intelligenza artificiale a dire cosa è giusto e cosa è sbagliato, dove si può andare e dove no, cosa si può fare e cosa no. Niente musica, niente film, niente software e ora niente di niente. Sapete cosa vi dico? Che dobbiamo rompergli il culo! Ecco il mio verbo, ecco la mia parola, andate e diffondetela.»

L'arringa non prevede risposte e gli avventori, dopo un attimo di pausa per assimilare i concetti, tornano a fare quello che abitualmente fanno disinteressandosi di Genio. Solo Zeno si avvicina all'amico per interpellarlo. «Acuto, sagace come tuo solito, un po' volgare a tratti. Quindi la tipa di ieri sera non te l'ha data?»

46

L'incoscienza di Zeno
Numero zero

Nota dell'autore. Con questo post inauguro la mia collaborazione con «Internazionale». Oltre a leggermi qui potrete trovare alcuni dei miei post incoscienti anche sulla rivista. Sì, sono emozionato.

"L'incoscienza" nasce come strumento di sfogo, un diario per raccontarmi, ma diventa piano piano un punto d'incontro e di condivisione per tantissime persone. La mia opinione viene richiesta – e ve ne sono grato nonostante continui a non capire il perché – su più o meno qualsiasi cosa: politica, società, sport. Quante cose sono cambiate nella mia vita e nel mondo da quando questo blog veniva letto solo dai miei amici e qualche conoscente. Ora siete una moltitudine.

Ma la stessa cosa, negli ultimi tempi, è successa un po' a tutti: siamo al centro dell'attenzione per i nostri gusti e i nostri bisogni. I nostri pensieri e i nostri ricordi sono diventati argomento di discussione. Avrete già capito di cosa sto parlando: Human Media Development.

Eccoli, sento già i cori di disappunto, vedo gli sguardi smarriti e percepisco la voglia di distrarsi. Purtroppo

HMD riguarda tutti noi, non possiamo fare a meno di interessarci e di coinvolgerci. Il magnanimo magnate Shepard ci sta prendendo per il culo, la sua strategia comunicativa prevede una lenta terapia sedativa per le critiche insieme a un inesorabile lavaggio del cervello. HMD è uno strumento di controllo, non una tecnologia al servizio di progresso e sviluppo. Non serve per salvare vite, non serve per rendere questo mondo un posto migliore. Perché un'intelligenza artificiale che conosce tutto di tutti e governa i processi e i flussi di informazione secondo il proprio concetto di giustizia, non può essere equa, ma soprattutto non può essere umana.

Il legame tra la non-profit South Cross Foundation e la Nothing S.r.l. ci dice molto su quali siano i fini reali dello sviluppo di questa tecnologia: la Nothing controlla quasi il 50 per cento del mercato globale – edile, alimentare, farmaceutico, finanziario. Gestisce scuole, ospedali, laboratori di ricerca, banche, giornali, TV, siti Internet e agenzie pubblicitarie in stretta collaborazione con gli Stati di tutto il mondo da un lato, mentre la South Cross si occupa di costruire un'immagine positiva: missioni umanitarie e filantropia per edulcorare un modello capitalista selvaggio, legato a doppio filo con il governo americano, le sue lobby e le sue corruzioni. A capo di entrambe un solo uomo: Christian Shepard.

Grazie a Michelle Lacanti e al suo *Reportage Nothing* siamo venuti a conoscenza di un universo sommerso che solo i più cospirazionisti potevano immaginare. Ed è strano pensare che molti di voi siano tentati di abbandonare questi argomenti in favore di qualche video di bambini che cadono, gattini e cagnolini, gente che si fa male o scherzi nel sonno. È strano pensare che Internet fino a dieci anni fa era la nuova frontiera della libertà, dove poter costruire modelli alternativi e visioni concertate, mentre ora è un semplice mezzo di imbonimento in cui la narrazione della realtà viene distrutta a colpi di distrazioni facili e incoraggiamento alla superficialità. Nel frattempo, le libertà fondamentali ci vengono sottratte e le nostre vite indagate, ridotte a uno spezzatino di informazioni. Di questo si nutre il progetto HMD. E domani... Domani sarà lo strumento di controllo principe per consolidare ancora di più i poteri costituiti.

È da questa presa di coscienza che è necessario ripartire, è da questa rinnovata necessità di affermare la propria libertà di scelta che dobbiamo unire i nostri sforzi per contrastare l'avanzata di Shepard e dei suoi. Emerge sempre più forte la necessità di una rete cognitiva condivisa di contropotere che riesca a produrre un movimento reale, concreto, di alternativa al modello che i governi corrotti e collaborazionisti vogliono imporre.

Va riconosciuta la necessità di creare una massa critica attiva, pensante e autonoma. Non tra una settimana, non domani. Oggi.

47

La partita di pallone

Bologna

«Buongiorno, amore!»

«Buongiorno.»

«Sei già passata in ufficio?»

«Sì.»

«Ma sono le 9!»

«Lo so. Mancavano delle slide per la lezione del mattino.»

«E non potevi mandarle per mail?»

«A quanto pare no, Zeno, che dici? Che mi diverto a uscire alle 7 del mattino per completare il PowerPoint della lezione di Diritto del lavoro di cui comunque nessuno capirà una sega? Il file era in ufficio, Giuliano arriva in treno direttamente per la lezione e a me tocca il lavoro sporco, può andare?»

«Scusa amore, non ti stresso più.»

«...»

Gli occhi di Eleonora tornano a fissare il tablet con la solita rassegna stampa autogestita, mentre Zeno si domanda quale è stato il momento preciso in cui il professor Savataferle era diventato, semplicemente, Giuliano. Gelosia? Il prof e l'assistente gnocca del prof? Ma dài, che queste cose non succedono.

«Ele, stasera pensavo di andare allo stadio con Genio.»

«...»

«C'è Bologna-Juvemerda.»

«Stasera?»

«Sì, c'è il turno infrasettimanale.»

«Sei sicuro? Proprio stasera?»

«...»

Qualcosa non quadra, Zeno, ti stai dimenticando qualcosa. Qualcosa di importante a quanto pare. Reagisci, concentrati, non vorrai mica scatenare una lite. Eleonora è già presa male stamattina, questo sarebbe il colpo di grazia, ma tu non ne hai voglia. Non. Ne. Hai. Voglia.

Cristo, cosa cazzo succede stasera? Assemblea? No. Cena con parenti? No. Stadio? Ok. Compleanno? Anniversario? Porca vacca.

«Quindi non ti ricordi?»

«Certo che mi ricordo.»

Menti, guadagna secondi preziosi. Pensa.

«Mi avevi promesso che saresti andato a...»

«A PRENDERE LEI LÀ ALL'AEROPORTO!»

Bravo, all'ultimo istante! Certo, potevi evitare di urlare come se avessi appena scoperto una verità sconcertante.

«Lei là. Molto bene. Zeno, porca troia, ti ho chiesto un favore sperando di poter contare su di te. Perché mi devi deludere in questo modo?»

«Eh adesso, deludere. Non l'ho mica abbandonata all'aeroporto, è mattina e ci stiamo confrontando sugli impegni della giornata. Semplicemente non andrò allo stadio.»

«Sì, certo, non ti ricordi neanche come si chiama.»

«Ele, non esagerare, ho scritto più volte del suo reportage e so benissimo come si chiama.»

«E perché non lo dici?»

«Ho paura di sbagliare la pronuncia e di farti incazzare ancora di più.»

C'è un codice, in ogni lite di coppia. Il codice di Zeno ed Eleonora prevede che, a un certo punto, l'orgoglio di De Marchi si faccia un po' da parte, ammettendo la sconfitta. Il discorso tra i due potrà poi andare avanti, un'altra mattina, una sera a cena o al telefono, principalmente perché Zeno imputerà la sconfitta alla scarsa elasticità e tolleranza di lei. Eleonora sarà un po' d'accordo. Funziona.

Intanto, Michelle Lacanti, che si pronuncia alla francese, sta preparando i bagagli. Chissà per quanto tempo resterà a zonzo, questa volta. Bologna l'aspetta. E Zeno andrà ad accoglierla ascoltando la partita per radio.

48

Aria e fiamme

Vevey

Due van blindati con la scorta a bordo aprono e chiudono il piccolo corteo di veicoli che entra nel garage. Al centro, due berline tedesche di lusso portano il magnanimo magnate e il suo staff al centro di ogni singola operazione, il cuore caldo di un progetto minacciato da tanti, troppi, che non ne capiscono la vera portata. Anche tra i presenti, in pochi intuiscono le vere finalità di HMD.

«Mi ripeta gli impegni per il pomeriggio, Archibald.»

Le cose sembrano immobili mentre tutto dentro di lui scorre a velocità insostenibile, consumando ogni deposito di energia disponibile e aumentando il suo desiderio di trasformarsi, assumere forme diverse ed essere altrove nello spazio e nel tempo.

La voce di Archibald nel frattempo continua a scandire orari, persone, luoghi. «Ah, è da questa mattina che cerca di contattarla un tale, dice di essere un professore, non ha voluto dirmi il nome.»

«Lo richiami subito, per cortesia.»

Sono quelle piccole cose, quegli attimi in cui ricordare un dettaglio diventa di importanza cruciale: la rilevanza dell'ordine nelle cose. L'amore per principio, l'ordine per fondamento, il progresso per fine.

«Buongiorno, professore, ha degli aggiornamenti?»

«Buongiorno a lei. Diciamo che abbiamo avuto una riunione piuttosto significativa.»

«Quindi?»

«Quindi sembra che ci sia interesse, ecco. Tenga conto che è una persona molto intelligente e non so fino a che punto possa essere una strategia. Però, quando ho fatto il suo nome, si è accesa una scintilla, diciamo, come se ci fosse una grande ammirazione nei suoi confronti. Non me l'aspettavo.»

«Ho bisogno di certezze.»

«Siamo sulla buona strada, Christian.»

Shepard impartisce le ultime direttive ai fedelissimi prima di comporre il numero 25 sul tastierino dell'ascensore. Mentre si congeda dal manipolo di giacche e cravatte, riceve frasi di incoraggiamento e di stima per il percorso fatto finora, ma nessuno dei presenti riuscirà mai a capire quanto il motore della sua determinazione vada avanti senza il bisogno dei loro salamelecchi e quanto la valvola di sfogo del suo stress gli stia suggerendo di scomparire per qualche giorno e dimenticarsi dell'immondizia umana che lo circonda.

Dal secondo sotterraneo, in pochi secondi l'ascensore attraversa i piani in superficie dell'edificio. Il codice 25 rende prioritario il suo viaggio e nessun'altra chiamata può interrompere la salita verso l'attico, mentre il suo cervello legge tutto come una metafora: abbandonare la mediocrità e innalzarsi verso qualcosa di più pulito, godersi quei pochi secondi di ascesa che raccontano anni di sforzi. Sono gli unici secondi di solitudine in una galera di socialità.

Le porte si aprono alle sue spalle ed è solo girandosi che riesce a riconquistare lucidità, cogliendo la miseria umana che persino quel laboratorio – per demerito dei suoi due occupanti – ormai trasmette al solo sguardo.

«Buongiorno, luminari.»

Eccoli, Doc & Gen, adorabili rifiuti di una società che ci ha obbligato all'eccellenza e la cui eccellenza si è tramutata rapidamente in mediocrità comune, ennesima dimostrazione che HMD viene realizzato come un progetto salvifico e indispensabile persino per chi lo costruisce giorno dopo giorno.

«Capo! Signor Shepard! Buongiorno!»

Doc scatta in piedi facendo crollare una pila di documenti, una parodia di se stesso che peggiora di giorno in giorno. Arnaud rimane con un sopracciglio alzato a guardare la scena, seduto dall'altro lato della scrivania, senza emettere suoni se non quello del suo respiro. Non una parola, non un cenno ad alzarsi.

«Dottore, buongiorno a lei, la trovo sempre miracolosamente in forma.»

«La ringrazio, signor Shepard. A proposito della forma, vorrei sottoporle alcune modifiche all'interfaccia che ho valutato positivamente dal nostro ultimo incontro.»

«Certo, Dottore, certo. A tempo debito. Mi permetta due parole prima.»

Shepard pronuncia ogni frase con gli occhi ben piantati in quelli del Dottore, che rapidamente piega ogni volontà autonomista e assieme a queste la testa, rientrando immediatamente in una posizione di completa sudditanza.

«Arnaud.»

«Mmh?»

«Come stai?»

«Come sempre, Shepard.»

«Alle volte è una fortuna.»

«Dici? Alle volte è solo trascinare avanti le cose.»

«Ognuno di noi ha degli obiettivi da rispettare. Una legge morale che lo guida. Non basta quella?»

«Immagino di sì... E a te, Shepard, cosa dice la tua legge morale?»

Il Dottor Negroponte è immobile davanti allo scambio, in anni di lavoro con Shepard e Arnaud non li aveva mai sentiti discutere di altro che non fosse lavoro, sempre dandosi rispettosamente del lei e mantenendo una distanza considerevole nel loro rapporto. Ora sembrano due amici sull'orlo di un baratro, pronti a sacrificare l'altro pur di salvare se stessi.

«La mia legge morale è quella che voi due» indicando con un gesto ampio del braccio a prendere dentro non solo i due presenti, ma tutto ciò che si può vedere dalla finestra, in qualche maniera il mondo intero «attraverso HMD cercate di preservare e portare avanti, una legge votata al bene dell'umanità, alla sua salvezza.»

«Quanta nobiltà d'animo. Devo essere fortunato a sedere a questa scrivania e lavorare per la tua legge morale.»

«La mia legge morale è quella che vi tiene in vita, Arnaud.»

«La mia legge morale è quella che non fa crollare i

pavimenti di questo laboratorio per topi e la tua stessa legge morale.»

«Sai benissimo che io e te, così come tutta l'umanità, abbiamo bisogno anche di questo tipo di rapporto.»

«Che non è mai determinabile come rapporto alla pari.»

«Perché l'etica non è un oggetto misurabile.»

«Mentre milioni di informazioni personali sì, così come la determinazione di abitudini alimentari, inclinazioni di voto, struttura etica condivisa, sogni, ambizioni e ogni prodotto dell'interazione umana tracciabile. E con esse la possibilità di influenzarle, guidarle verso una riprogrammazione auspicabilmente migliore per tutti.»

«HMD salverà questo pianeta.»

«O più probabilmente lo renderà a misura della tua legge morale, Shepard.»

«Non ho ambizioni da monarca, Arnaud.»

«È il senso di divinità dell'uomo in Terra. Avere a disposizione una scelta per tutti.»

«Dovresti essere contento che io possa scegliere anche per te. Questo ti permette di essere ancora qui.»

49

Tutto il calcio minuto per minuto

Bologna

"La linea al Dall'Ara di Bologna, dove abbiamo Giovanni Scaramuzzino..."

«Oh oh, alza che è iniziato il collegamento!»

«Dài, che gli facciamo il culo alla Juvemerda, siamo bellissimi!»

«Giovani e belli, che squadra.»

"Allegri schiera un 4-3-1-2 con Buffon tra i pali, Chiellini, Bonucci, Lichtsteiner..."

«AMMMERDEEEEE!»

L'auto di Genio con a bordo Zeno è il peggior angolo della curva Bulgarelli. I due battono le mani e intonano cori: Genio, sprezzante di qualsiasi regola del codice della strada, suona il clacson e gesticola fuori dal finestrino mentre Zeno stappa una Moretti da viaggio.

«Che poi, se ci pensi, non solo è una squadra di merda dove giocano solo merde, ma ha pure dei tifosi di merda e i peggiori tifosi di merda della squadra di merda sono i bolognesi di merda che si comprano il biglietto in curva San Luca e parcheggiano a 2 chilometri dallo stadio perché hanno paura di far vedere che sono delle merde!»

«Non dirlo a me, che quando sono in servizio mi tocca pure portarli a vedere la partita, questi qui. Li riconosci subito che vanno in San Luca o si mimetizzano nei distinti, gente che tifa una squadra di merda che se segna non gioisce, probabilmente appassionata di gerbilling o di qualche pratica masochista tipo il nazismo.»

"Per il Bologna in porta Mirante e a seguire: Ferrari, Oikonomou, Maietta, Masina…"

«Senti qua che freschezza!»

«Mamma mia che squadra, se non retrocediamo è un miracolo ma secondo me ci si diverte quest'anno.»

«Massì, dài, avremo almeno un grado di separazione da Destro. Che ne so, lo invitiamo da Luca, diventiamo amici.»

«Oh poi sono tutti belli eh, certo magari Brienza ha qualche anno in più ma in generale siamo proprio belli da vedere.»

«Non toccarmi Ciccio Brienza che lì davanti è l'unico che mette assieme piedi e testa.»

«Secondo me a quel fascio di merda di Buffon un paio glieli sgancia stasera.»

L'aereo punta verso nord e sorvola lo strano Paese a forma di stivale, sorvola miliardi di anni di schiacciamento tra l'Africa e la Fortezza Europa e la sua dorsale appenninica mai mitizzata a sufficienza come le Alpi ma che, a differenza delle sorelle settentrionali – che ci separano da altre lingue e altre culture –, dividono internamente quello che l'ambizione di secoli non è mai riuscita a completare davvero: un Paese unito e solido. Noi su, voi giù, noi di qua, voi di là. Tirreno contro Adriatico, polentoni contro terroni. In Italia la geografia non è mai stata una scienza, ma un pretesto, una scusa per rinfacciarsi difetti e problemi di cui sarebbe meglio lavarsi le mani tutti quanti. Chissà se a Trapani sanno che anche a Trieste hanno il tramonto sul mare. Chissà se sul Conero sanno che in alcune anse della costa cilentina la luna ti appare dal lato sbagliato, a sfidare non più solo il mare ma le geografie astrali.

Michelle guarda fuori dal finestrino dell'angusto Boeing 737 low cost con un po' di fogli appoggiati sulle ginocchia, pieni di correzioni ed evidenziature. La stanchezza di questi mesi di assedio e ritiro forzato al mare le provoca un rinnovato senso di disgusto per ciò che quei fogli raccontano, per l'ennesima lettura che ne ha dovuto fare e perché sa che quel tarlo, ora più che mai, non l'abbandonerà.

L'indecifrabile hinterland bolognese appare sotto di lei senza che se ne accorga. La manovra d'atterraggio, gli applausi al pilota, niente di tutto questo riesce a distoglierla dai suoi pensieri. Il Marconi risuona di voci e di lingue straniere, i dialetti della penisola si intrecciano tra loro e con le musiche dei bar e dei negozi compongono la sinfonia del cosiddetto "paglione": l'inimitabile caos calmo che governa la città da sempre. Bologna è da qualche tempo indirizzata verso uno sfruttamento intensivo del suo aeroporto. La capitale mondiale del gusto si interroga su quanto possa essere vantaggiosa una monorotaia che accompagni le persone dall'aeroporto alla stazione e viceversa, evitando di passare per la città e velocizzando il viaggio verso mete più conosciute e attraenti, come Venezia e Firenze. Per adesso una lunga fila di taxi bianchi, perlopiù automobili ibride di marca giapponese, si occupa della gestione dei passeggeri.

Michelle scruta tra la selva di civette alla ricerca dell'Audi grigia con a bordo tali Zeno ed Eugenio, mai visti prima, che in teoria la stanno aspettando per accompagnarla e farle da guida.

"Il primo tempo si chiude sullo 0-0, un buon Bologna ha retto l'urto iniziale della vecchia signora..."

«'Na zoccola! Altro che vecchia signora!»

«Dài, che stiamo andando bene. Io ci credo.»

I due vengono risvegliati dalla trance agonistica e presi di soprassalto da un leggero ticchettio sul finestrino dell'auto.

«Ciao, siete voi...»

«Michelle!?»

Zeno, fino a quel momento, l'aveva vista solo in foto e non aveva potuto accorgersi del suo particolarissimo modo di muovere gli occhi e le labbra, della fossetta che si formava quando rideva, e di tutte quelle piccole cose che in questo momento lo stavano pietrificando sul sedile dell'auto. È Genio a dare voce al pensiero di entrambi: «In foto non sembrava così gnocca».

50

Cenette

Via San Rocco, Bologna

«Ci stanno portando via tutto.»

«E ti dico, il loro accordo era in stand by da anni. Non è certo stato improvvisato.»

«Mi sembra un chiaro peggioramento della vita di tutti. Un furto.»

«È una nuova frontiera del controllo. Se ci pensi, Eleonora, il potere ha sempre avuto bisogno di controllare le persone per riuscire a mantenere intatto il rapporto di forza che lo consolida. Uno screening così dettagliato di tutta l'umanità e dei suoi comportamenti permette l'apertura di una nuova fase, un gioco di anticipo che, se utilizzato dalle mani sbagliate, potrebbe portare al crollo di tutte le democrazie mondiali.»

«Ed è già nelle mani più sbagliate possibili! Shepard e i suoi hanno creato una rete di finzioni e bugie per infilarsi in tutte le strutture governative del globo.»

«È lì che sbatto la testa da settimane. Mi mancano le prove delle frodi, dei raggiri o degli accordi illegali.

Quello che è emerso in questi mesi di indagine è la legittimità del tutto.»

«Che forse è la cosa più spaventosa.»

«Decisamente.»

«Michelle, posso farti una domanda stupida?»

La giovane giornalista dipinge un accenno di sorriso sul suo volto. «Certo, dimmi pure. Ormai non ho più niente da nascondere!»

«Non c'è una parte di te che è segretamente affascinata da tutto questo?»

Michelle ed Eleonora parlano di Shepard, HMD, politica, intrighi possibili o solo immaginati come se avessero lavorato assieme alla stessa ricerca. Forse un po' l'hanno fatto davvero, seguendo percorsi diversi che alla fine le hanno condotte allo stesso punto: nella cucina di via San Rocco, al Pratello, a Bologna, con un Genio sospettosamente silenzioso, in preda a un misto indecifrabile di emozioni, che lancia a Michelle il classico sguardo che riserva alle ragazze, quello che "non mi piaci", ma poi gli piace.

Zeno sfoga il nervosismo dovuto alla partita con la Juvemerda cucinando la cena per tutti. Riconosce di provare un certo imbarazzo nel condividere la casa con Michelle Lacanti, la giovane che ce l'ha fatta, al contrario di lui. È invidioso del suo talento e del suo successo, e allo stesso tempo è ammirato dalla forza e dalla tenacia che ha dimostrato seguendo una pista tanto rischiosa. Deve riconoscerglielo, ha fatto un grande lavoro.

Poi Genio d'improvviso si ridesta dal suo torpore e interviene nel discorso: «Secondo me, Ele, per te la fascinazione funziona come con Lady Gaga».

«Sentiamo, Genio, cosa vorresti dire?»

«Dài, c'è quell'immagine su Internet con lei e la scritta: "Dici che l'amore è cieco, però i cazzi li vedi".»

«Zeno potresti dire qualcosa al tuo amico?»

«Genio, a cuccia.»

«Woof.»

Michelle, divertita dal siparietto, si prende la libertà di indagare le dinamiche di quei ragazzi conosciuti da poco, ma con cui già sente una connessione insospettabilmente forte.

«Ma tra voi tre è sempre così?»

«No, di solito io sono quello che scrive per "Internazionale", Eleonora guida un autobus come se fosse un motorino e Zeno vende i fiori ai semafori.»

«Dài, Genio, ti ho chiesto di essere civile.»

«Zenuccio, sono civilissimo. Praticamente un vigile urbano.»

La cena prosegue con calma, tra alti e bassi, e la conversazione si sposta anche su cose che non riguardano HMD: si chiacchiera tanto e a lungo, e si fa presto a finire tre bottiglie di bianco e un tegame di risotto con radicchio e salsiccia. Genio è il primo ad abbandonare il tavolo: dovendo attaccare alle 7 del mattino cerca di concedersi qualche ora di sonno per sopportare meglio la giornata. Presto, anche Zeno cede: «Ele, io dovrei finire di scrivere roba, domani sarà una giornata impegnativa e non avrò molto tempo». Poi si rivolge a Michelle e con timidezza indaga: «Scusami sai, posso parlare di te nel mio articolo?».

«Puoi parlare di tutte le cose che ti ho detto, ma ti chiedo, per favore, di non parlare di me, se puoi. Lo so che ti leggono in tanti, eh!»

Zeno arrossisce un po' ed Eleonora chiosa: «È il nostro scrittore preferito, solo che vuol fare il timido a tutti i costi. Dài, finiamo di preparare gli interventi di domani, Michelle, ti va?».

Zeno si chiude nel piccolo studio che, tra i suoi libri e quelli di Eleonora, sembra ancora più angusto. Molto del materiale su HMD – compreso il reportage di Michelle – è impilato sulla scrivania. Lo sposta per far spazio al computer, aprendo l'articolo su cui stava lavorando. L'ansia della pagina non più bianca esplode violenta come sempre, Zeno riprende a scrivere mentre sente Eleonora e Michelle mettere a punto il piano d'attacco per l'indomani, determinate e agguerrite come due animali selvaggi, ognuna con le proprie tattiche e i propri assi nella manica.

Zeno si sente ancora una volta un passo indietro rispetto ai successi della Lacanti: lui nel suo articolo non potrà che riportare quello che succederà domani. Non riceverà meriti, anche perché di meriti ne ha ben pochi, se non quello di aver supportato tutto il lavoro di Eleonora, essere stato la sua spalla sentimentale e di lotta in questi mesi di esposizione sempre maggiore all'interno del movimento. Forse, se avesse avuto più coraggio, sarebbe riuscito a soddisfare il suo animo giornalistico e piazzarsi in prima fila, non in posizione defilata come fosse un semplice spettatore. Ripensa al racconto di Michelle a proposito dei mesi di indagine su HMD, del fatto che la maggior parte del suo tempo è stata dedicata quasi esclusivamente all'osservazione, e che l'unico gesto attivo in quel percorso – la notte trascorsa con il Generale e i dati trafugati – è quello che le pesa di più.

Chiude l'articolo e lo invia mentre la porta dello studio si apre e sbuca la testa di Eleonora, con i capelli raccolti e l'espressione di chi è appena uscito da un combattimento.

«Montanelli, a che punto sei?»

«Stupida.»

«Cesare Pavese?»

«Ho finito, voi?»

«Finito anche noi. Facciamo un po' di spazio per aprire il letto che Michelle sarà stanca, l'abbiamo impezzata fino allo sfinimento.»

I due si guardano come se domani potesse finire tutto. O come se dovesse iniziare qualcosa di più grande di loro.

51

Italiani brava gente

Quello che sta succedendo in tutto il mondo altro non è che l'ennesima protesta destinata a finire nell'implacabile dimenticatoio della Storia.

Lamentarsi ora, scendere in piazza e inveire in rete contro quello che probabilmente si rivelerà un volano per lo sviluppo economico e sociale del pianeta intero, è da completi deficienti. So di essere una firma importante per questo giornale e per il giornalismo di questo Paese, ma non mi vergogno a scrivere certe cose, anzi ne vado fiero. Chi è contro Shepard è contro il proprio futuro, e chi è contro il proprio futuro altro non può essere che un deficiente!

Ma c'è un aspetto in questa vicenda che mi riempie di orgoglio e che mi ha portato a scrivere questo editoriale: nel nostro Paese la protesta contro Shepard e HMD non ha preso piede. Mentre nel resto d'Europa e del mondo si sono formate delle vere e proprie comunità di lotta – o tribù di deficienti, come preferisco chiamarle io – in Italia l'opposizione al progetto della Nothing S.r.l. è costituita da una sparuta minoranza di studenti fuorisede e sostenuta da qualche blogger sovversivo e millantatore. Solo qualche assemblea poco partecipata e qualche articolo di dubbia qualità scritto da poveri fannulloni disoccupati che vorrebbero fare i giornalisti ma non ci riescono, e per la frustrazione gettano fango sul nostro ordine e sulla nostra professione. Gli italiani sono brave persone! Non credono alle baggianate e soprattutto conoscono il rispetto e sanno riconoscere una grande occasione da una truffa colossale. Oggi sono orgoglioso di essere italiano, spero che il Paese mantenga intatta la sua integrità. Non voglio vedere vetrine rotte e macchine in fiamme. Non voglio nemmeno assistere a rivendicazioni di hacker nostrani: anche quello informatico è terrorismo e ai giorni nostri può fare più danni di una bomba. Nel resto del mondo prima o poi se ne renderanno conto: la Nothing, South Cross e HMD vanno sostenuti, Shepard è un visionario con una mission e, soprattutto, una persona perbene. E noi italiani, abbiamo il coraggio di continuare a essere delle persone perbene?

Marcello Guaraldi
«il Resto del Carlino»

52

L'incoscienza di Zeno

Vivere fuggendo

Ieri sera ho avuto modo di conoscere una persona importante, una protagonista dell'attualità che ultimamente non gradisce stare al centro dell'attenzione. Non vi dirò di chi si tratta, forse nemmeno importa. Il punto è che si è finito a parlare di politica internazionale, di flussi migratori, cittadinanza e democrazia, e la discussione è stata talmente interessante da farmi dimenticare la sconfitta in campionato contro la Juve. E mi ha ispirato un paio di considerazioni che trovate qui, pronte per essere azzannate dai vostri commenti.

Esiste una trattativa, economica e politica, tra la holding Nothing e Frontex, l'agenzia europea di controllo delle frontiere, condotta sotto la supervisione dell'Unione Europea e patrocinata nemmeno troppo segretamente dal Governo italiano. HMD inizierebbe la sua fase sperimentale proprio dove alcuni millenni fa nacque la civiltà europea: il mar Mediterraneo.

I dettagli sono lontani dall'essere definiti o definibili, lo stesso Shepard si è espresso più volte sull'incompletezza del progetto. Resta il fatto che quella che doveva essere una tecnologia finalizzata alla "realizzazione di una società più equa, con giustizia e opportunità per tutti" sembra invece indirizzarsi verso una nuova forma di repressione, e la mancanza di dati certi ancora una volta giocherà a favore del magnanimo magnate. Cosa possiamo fare noi? Mettere in evidenza quello che succede nel reale.

Vi faccio un esempio. La Nothing negli ultimi dieci anni ha speso alcuni miliardi di euro per finanziare l'alfabetizzazione informatica di alcune zone depresse del pianeta, con donazioni di laptop e tablet. Alcuni di voi penseranno: "Ma che bella cosa!". Sì, certo.

Medicinali? Infrastrutture? Acqua e cibo? No. Smartphone.

Non sembrano proprio esserci interessi di parte in quest'opera di filantropia tecnologica (per i più ingenui: sarcasmo, *n.d.r.*).

Shepard ancora una volta gioca la sua partita danzando sul filo dell'etica progressista. I contatti tra l'amministratore delegato della Nothing e Frontex sono il segnale di un suo interessamento al mondo dell'*immigration business* oltre che una preoccupante avvisaglia sul futuro della politica di frontiera europea. Provo a spiegarmi meglio: se HMD venisse usato come tecnologia per la gestione dei flussi migratori, chi potrebbe poi assicurare l'imparzialità della sua gestione e quindi l'assenza di discriminazione preventiva su chi non possiede un account o più semplicemente un dispositivo di connessione a Internet?

Sono i conflitti internazionali e le guerre – di potere ed economiche – che generano paura, terrore e flussi di milioni di persone costrette ad abbandonare la propria casa. Questi flussi di persone disperate rappresentano una grande sconfitta dell'umanità, un problema mai risolto che fa parte della nostra storia e del nostro presente. Certo, sarebbe davvero bello se qualcuno o qualcosa potesse risolvere il problema. Ma mettere il nostro futuro, quindi quello dei migranti, nelle mani di un'intelligenza artificiale, equivale a mettersi nelle mani di chi quella tecnologia l'ha progettata. Una tecnologia che nasce essa stessa dal conflitto economico, dagli scontri di capitale, finanziata da una vasta holding di cui non si conoscono i confini e gli interessi e figlia di un mondo diseguale e corrotto.

Inoltre, anche ipotizzando una buona fede nella progettazione e precisione assoluta nel funzionamento della macchina, molti esseri umani ne risulterebbero comunque tagliati fuori per la mancanza di copertura della tecnologia. Questo creerebbe di fatto un nuovo status di clandestinità che si potrebbe definire "clandestinità digitale".

Un paio di domande per chiudere: chi negli ultimi anni ha deciso come e dove fare beneficenza? Chi ha deciso quali popolazioni e quali persone ricevessero i dispositivi necessari alla connessione e quindi l'accesso a Human Media Development, e quali no?

Dev'esser stato proprio un filantropo, un benefattore, il salvatore dell'umanità.

53

La grande aula in via Zamboni

Bologna

La grande aula in via Zamboni oggi non è abbastanza grande. Il richiamo del nome di Michelle Lacanti ha attirato molti tra studenti, ex studenti e mai studenti. Il successo mediatico della giornalista è stato tale da coinvolgere finalmente anche persone esterne al movimento. Facce nuove che spesso, in una piccola metropoli come Bologna, possono essere conosciute: il compagno delle superiori che passava ore a fumare in bagno e chissà ora cosa fa nella vita, la barista della pausa caffè, il ragazzo che stacca i biglietti della cineteca, il DJ dell'altra sera, quella tipa carina, quella che era la morosa di uno che conoscevi che hai sempre pensato: "Peccato che sia la morosa di quello che neanche mi ricordo come si chiama e ora che ci penso non mi ricordo nemmeno come si chiama lei". Il medico, il farmacista, il tabaccaio, il Bomber e Luca. Luca in realtà è un compagno d'altri tempi, a suo agio nel contesto e con qualche denuncia sulle spalle, ma il bar ultimamente gli ha tolto il tempo e la libertà di partecipare alla vita politica locale e quindi di prendersi altre denunce.

Ci sono tutti ed era un po' che non succedeva. Eleonora e Michelle hanno avuto modo di conoscersi di persona la sera prima, una chiacchierata con tisana nel salotto di casa, con Zeno attento nonostante gli ultimi minuti di partita in sofferenza.

Il Generale Arnaud, Shepard, le menzogne, la scoperta. Michelle si è aperta con quelle due persone con cui fin da subito aveva avvertito un legame e una vicinanza. La telefonata con Eleonora le aveva dato la spinta per tornare a vivere, riprendere in mano la sua libertà e affrontare quello che aveva creato.

Ora il suono dei tacchi sotto i portici, da ritmo solitario, si trasforma in un elemento della sinfonia di voci e suoni che affollano l'ingresso della grande aula in via Zamboni. Le due donne entrano tra gli sguardi curiosi di chi per un attimo smette di parlare per accompagnarle nel passaggio.

Zeno, poco dietro, arranca con la sua tracolla e la giacca a penzoloni, che si è portato dietro chissà perché. La notte passata a scrivere non ha certo agevolato il risveglio; inoltre non ha chiuso occhio pensando a Michelle che dormiva nella camera accanto, bloccato in un limbo di sentimenti contrastanti: ammirazione, rabbia e forse un po' di desiderio per quella giovane donna, giornalista come avrebbe voluto essere lui, che aveva dimostrato un coraggio e una dedizione da grande professionista e ora pareva così umana e vicina mentre dormiva lì, sotto il suo stesso tetto.

«Cerchiamo di metterci comodi per quanto possibile, stringiamoci un po'. Un attimo di silenzio, per favore... Bene, cominciamo.»

L'incontro ha inizio. Eleonora e Michelle sono due fiumi in piena che corrono paralleli verso il mare, ogni tanto si intersecano, ogni tanto una delle due rallenta formando una pozza dove poter fare un bagno in luglio e subito dopo l'altra diventa cascata. Zeno è rapito e interdetto e non riesce a seguire il dibattito, dovrebbe prendere appunti, dovrebbe scrivere e invece fa pensieri sconci che vedono protagonisti lui, la sua morosa nonché convivente Eleonora e quella giovane giornalista italofrancese che è atterrata lì meno di dodici ore fa per rompere un equilibrio che andava bene anche se non si rompeva. Maledizione.

Zeno ritrova lucidità quando Eleonora tira in ballo l'articolo scritto da lui quella notte e pubblicato poche ore prima su «Internazionale». Si ricorda di essere anche lui, a suo modo, un protagonista di questa storia. In fondo quello che scrive non sono in pochi a leggerlo e le sue opinioni, seppur personali, sono in grado di indirizzare e motivare i pensieri di tanti. C'è chi lo fa parlando davanti alle folle come Eleonora, chi lo fa scrivendo come Zeno e chi pare trovarsi a suo agio in entrambi i contesti, come Michelle.

Il dibattito prosegue acceso e partecipato, ma è nel momento in cui Genio – impegnato per gran parte dell'incontro a fare lo splendido con una matricola bionda del DAMS – si alza dal suo posto in ultima fila e urla: «Andiamo a rompergli il culo!» che la sala si infiamma definitivamente.

Michelle è cauta: «Io non sono principalmente un'attivista dei diritti umani. Sono una giornalista e nel portare alla luce la realtà di HMD non ho fatto altro che il mio lavoro. Sta a voi accogliere le proposte di Eleonora, espresse con magistrale sintesi dal ragazzo dell'ultima fila. Io posso farne parte, voglio farne parte, ma di certo non sono un leader politico...». Volge lo sguardo alla sua destra incrociando gli occhi di Eleonora e conclude: «... come potrebbe essere qualcun altro in quest'aula».

Zeno interviene, impacciato e timido come suo solito quando si tratta di parlare in pubblico, per chiedere precisazioni sui contatti tra Shepard e Frontex e capire se ci siano dei margini per indirizzare la protesta contro la trattativa tra l'Unione Europea e la Nothing. In realtà conosce la risposta ed è infatti Eleonora che risponde: «In tutti i Paesi europei esistono già dei comitati autorganizzati, e i principali partiti di opposizione si stanno schierando contro quella che sembra una scelta politica condivisa dei governi dell'Unione. Stiamo parlando di un processo di cui conosciamo solo i principi fondanti, ma il poco che sappiamo già non ci va bene: il controllo di tutta l'operazione è nelle mani di un solo uomo, un uomo che sta cercando di sembrare buono e simpatico, oltre che visionario. Nel nostro Paese sta passando tutto in sordina, con l'appoggio dei media... Cosa possiamo fare? Possiamo unirci agli altri movimenti europei e internazionali, far sentire la nostra voce».

«Ma come?» La voce del popolo si alza da un punto a caso al lato sinistro dell'aula. È il pragmatico e disincantato Luca, che ne ha visti tanti di fuochi di paglia spegnersi sotto gli stessi piedi di chi li aveva accesi. Michelle forse ha una risposta.

«A fine novembre una commissione della Frontex prenderà in esame il progetto HMD e visiterà la base operativa a Vevey, in Svizzera. Shepard ha organizzato l'incontro come un evento, con copertura mediatica globale: vuole risultare trasparente e vuole far sapere al mondo quanto è onesto e genuino.»

Eleonora prosegue, come se fosse sempre la stessa persona a parlare: «Quella sarà una buona occasione per farci sentire, negli altri Paesi si stanno organizzando per una mobilitazione, proprio in quei giorni e proprio a Vevey. Dobbiamo solo decidere se ci vogliamo essere anche noi».

L'assemblea è ora un gorgoglio di supposizioni assordanti. Quasi come se non si aspettasse questa possibilità, il vortice di voci continua per alcuni secondi, finché Genio non decide di intervenire nuovamente: «Andiamo a rompergli il culo!».

L'assemblea acconsente.

54

Tutti al bar

Bologna

«E quindi questi hacker cosa vorrebbero fare?»

«Qui dice che hanno minacciato i membri del consiglio di amministrazione della Nothing di far saltare le loro *server farm* in caso di approvazione del finanziamento per HMD.»

«Ma non è Shepard l'amministratore delegato? Si starà autofinanziando da anni, figurati se non si è preso soldi di qua e di là.»

«Ma certo, inoltre è una minaccia farlocca: non credi che la più grande holding mondiale abbia svariate possibilità di backup dei propri server? Se ne salta uno ce ne saranno pronti altri cento chissà dove.»

«E quindi?»

«E quindi che cazzo ne so, Genio, è "Il Sole 24 Ore" che scrive 'ste robe, chiedilo all'autore dell'articolo.»

«Adesso gli mando una mail.»

«Bravo.»

«Grazie. Luca, una boccia per festeggiare!»

«Festeggiare cosa, scemo?»

«Fai sempre domande del cazzo.»

Zeno abbozza un romantico: «Vaiaquelpaese» mentre continua a sfogliare i giornali del bar alla ricerca di un'ispirazione che non arriva. In compenso la boccia di Pignoletto arriva dopo pochi secondi suscitando uno sguardo di curiosità nel De Marchi.

«Pignoletto?»

«È per le signorine» fa Luca.

Appena fuori dalla porta a vetri del bar, Eleonora e Michelle si attardano a finire una sigaretta mentre qualche goccia di pioggia e il vento freddo ricordano a tutti che l'estate è lontana e da qui in avanti sarà sempre peggio.

«Adesso anche al bar non si può stare tranquilli, ma quand'è che se ne va quella?»

«Zeno, non ti facevo così poco ospitale.»

«Quella donna mi disturba. »

«Quale delle due?»

«Genio, smettila che non c'ho voglia.»

«Credo che per un po' la vedremo in giro, Zenuccio mio, ha preso una stanza in affitto in centro. Ma poi, che ti ha fatto?»

«Niente, la notte scorsa non ho dormito e quindi sono un po' scontroso.»

Le ragazze entrano e siedono al tavolo. Uno Zeno assonnato e schivo fa da controparte a un sorridentissimo Genio.

Il Pignoletto dura poco meno di cinque minuti.

Dopo una mezz'ora di convivialità spicciola, altro vino, battute fuori luogo, approcci più o meno velati verso Michelle e altro vino, il libero arbitrio di Genio cede il passo a una piacevole incoscienza. Mentre i discorsi al tavolo si fanno sempre più politici, Genio capisce che la situazione gli sta sfuggendo di mano e l'obiettivo dichiarato (quantomeno nella sua testa) di portarsi a letto la giornalista è lontano dal realizzarsi. Prova allora con un colpo a effetto.

«Vi ci porto io con la corriera a Vevey! Se siamo meno di cinquantaquattro dovremmo starci.»

«Grande Genio! Lo sai che ogni tanto penso tu sia un coglione, però alle volte mi sorprendi proprio. Sarà per questo che Zeno ti vuole così bene.»

«No, non è per questo, Ele. È perché è innamorato di me. Non di te. Però tu hai la patata e io no. La vostra è una convivenza di comodo. Stacci, Eleonora.»

Michelle sorride, butta giù l'ultimo dito di vino e pensa che è bello, ogni tanto, stare in compagnia.

55

Topi da laboratorio

Vevey

Il Dottore non smette di guardarsi attorno mentre cerca, invano, di aumentare la propria produttività. La sua dedizione alla causa è tutto il suo mondo, una vita che gira attorno alla scrivania di quel laboratorio. A pochi metri da lui Arnaud, con un braccio steso sul tavolo e la testa appoggiata sopra, continua con l'indice a premere il tasto "invio", sbirciando con la coda dell'occhio i nomi che scorrono sullo schermo.

L'aria del venticinquesimo piano è calda, umida, maleodorante e l'imminente arrivo di Shepard la rende pesantissima, quasi palpabile. Il Dottore ha il cervello spappolato dai pensieri, stanco di dover affrontare tutto il lavoro in compagnia di un barbone alcolizzato. Il Generale ha l'aria di chi non si lava da settimane, inerme di fronte al sospetto dell'inutilità della vita.

Quando l'ascensore si apre non succede nulla: nessun segno di eccitamento da parte del Dottore e nessuno di disappunto dal Generale. Shepard fa un passo deciso dentro al laboratorio, poi si arresta di colpo.

«Signori, questo posto puzza di morte. Vi invito a prendervi più cura di voi stessi e del vostro posto di lavoro, esimi scienziati.»

Il Dottore, senza proferire parola, lascia la scrivania e con passo sornione fa il giro del perimetro aprendo tutte le finestre. Nelle due settimane precedenti, passate da reclusi dentro al laboratorio, questo semplice gesto non solo non era mai stato compiuto, ma non era nemmeno passato per la testa degli intelligentissimi scienziati.

«Ci scusi, Shepard, siamo estremamente concentrati sul lavoro e alcune cose passano per forza in secondo piano. Nonostante questo, signore, mi duole dirlo ma non credo che sia possibile portare a termine una versione beta entro la data prefissata.»

«Ci riuscirete, invece, ne sono convinto. Lei cosa ne pensa, Arnaud?»

Il Generale, senza scomporsi dalla sua posizione da studente tiratardi dell'ultima fila, biascica qualcosa di incomprensibile: «Ma certo...».

Shepard incalza. «Generale, per Dio, non crede che sia il caso di rimediare alle cazzate che ha fatto invece di deprimersi e compromettere ulteriormente il progetto?»

«Non lo so, Chris. Sto lavorando.»

«Da quando ha deciso di potersi permettere di chiamarmi Chris, Generale?»

«Non lo so. Da quando sono diventato intimo con tua madre?»

Shepard non si scompone, lascia trapelare un po' di sorpresa rivolgendosi al Dottore: «Non crede che il nostro qui presente collaboratore abbia oltrepassato il limite della tolleranza che magnanimamente gli è stata concessa?».

«Sono anni che il Generale Arnaud non si dimostra all'altezza delle proprie capacità, signore. Da quando si è lasciato trarre in inganno da quella giornalista, poi, è persino peggiorato. Ritengo sia ormai completamente inutile, se non nocivo, per il progetto.»

«Va bene, può bastare. Ora ascoltatemi bene: entro la fine del mese voglio una versione beta pronta per essere mostrata alla commissione di Frontex. Avremo tempo, in seguito, per correggere gli errori e perfezionare il software, intanto voglio qualcosa di concreto da poter mostrare.» Una pausa, il tempo di arrivare in prossimità della grande finestra sul lago. «Ci sarà il caos, quel giorno. Si stanno organizzando da tutto il continente per radunarsi qui sotto e urlare e spaccare le cose come se fosse un dannato G8. Sono convinti di poter cambiare il mondo, certo. Non sanno che siamo noi che lo stiamo rendendo un posto migliore. Noi siamo il futuro e il cambiamento, tutti questi anni di lavoro daranno i risultati che tutti – lei compreso, Arnaud – stiamo aspettando. Cari i miei scienziati, loro non capiscono. Non capiranno mai quello che c'è dietro al nostro progetto. La sopravvivenza dell'uomo, i ricordi, i progetti. Passato, presente e futuro. Li aspetteremo, li lasceremo urlare, ma non ci faremo distrarre dal nostro obiettivo: salvarli.»

Il Dottore mostra evidenti segni di commozione, la speranza ritrovata e la voglia di rimettersi subito al lavoro. Il Generale, di contrappunto, si lascia andare a una rumorosa flatulenza. Shepard decide di far finta di niente e prosegue: «Da domattina avrete a disposizione altri quattro collaboratori, li ho selezionati personalmente. Vi aiuteranno a portare a termine la versione beta, dopodiché vedremo che farcene. Dottore, si occupi di inserirli nel progetto. Lei, Arnaud…».

Gli occhi del grande capo e dello scienziato si incrociano e si fissano, gli uni sugli altri, per pochi interminabili secondi. Lo sguardo di Shepard è deciso, ma lascia trasparire un velo di compassione per quel rottame d'uomo, l'indulgenza di chi è superiore a tutto. Arnaud lo guarda con le palpebre semichiuse e la bocca leggermente aperta, come un cane apatico e strafatto. «… lei, mi faccia il piacere di farsi una doccia» conclude, prima di dirigersi verso l'ascensore e salutare.

«Arrivederci, esimi.»

«Arrivederci signore. Grazie della sua visita» chiosa il Dottore.

Le porte si chiudono. I due camici bianchi, senza guardarsi, riprendono il lavoro. Come prima, come sempre.

56

Ci stiamo dentro!

Bologna

«Len Faki!»

«Chi?!» I 110 decibel nel locale non aiutano la conversazione.

«Len Faki, Mimì!»

«È questo che sta suonando?»

«Sì, è uno grosso ma fa robaccia!»

«Ho capito! C'è un sacco di gente infatti!»

«Sì ma questi non capiscono un cazzo, fidati. Sono qui solo per le droghe.»

«Anche noi siamo qui solo per le droghe!»

«Quella sei tu, Mimì, io sono qui per Holden che ha già suonato… due ore fa!» Genio fa il gesto del due con le dita.

«Prendiamo da bere.»

«Mi vuoi bene?!»

«No! Cioè sì, Genio, ti voglio bene però dicevo prendiamo da bere!»

«Ah, mi pareva strano che non mi volevi bene!»

Non un locale, ma un evento dislocato in capannoni fieristici bolognesi: Michelle e Genio sono a caccia di droghe, spacciatori e consumatori per un reportage commissionato alla giornalista da un noto giornale d'oltremanica, che ha promesso grande risonanza e un pagamento cospicuo all'ormai affermata Lacanti. Anzi, "la Lacanti", con l'articolo davanti: ormai la chiamano tutti così, come i musei. Da diverse settimane si è trasferita a Bologna, una base momentanea ma che per alcuni aspetti la rassicura. Uno di quegli aspetti sono la coppia Zeno-Genio, in cui ha trovato, dopo anni da lupo solitario, dei coetanei con cui condividere con serenità molto di sé.

«Oh, va detto che 'sta cosa di HMD ti ha fatto bene al curriculum.»

«Non lavoro solo per la gloria, Genio.»

«Ah no? Io sì, vuoi mettere che servizio di pubblica utilità quello di portare in giro esseri umani e rincoglionirli di chiacchiere e musica di merda?»

«Guarda che non ascolti musica di merda, smettila.»

«Lo so, era per dire che al 90 per cento dei miei clienti non gliene frega mica un cazzo di che musica c'è a bordo. Quei boriosi radical di Radio Deejay, quelle merde di RTL, il nuovo di Hopkins o Miles Davis, va tutto bene.»

«Vabbe' ma è normale, no? È la cultura in Italia che viene vissuta così!»

Un tipo tozzo con la camicia, la giacca e i pantaloncini gli si avvicina di lato e propone: «Micropunte? MD?».

«No grazie, gentilissimo» fa Genio, con una mimica forzatamente da lord inglese.

«Io sì!»

E mentre "la Lacanti", con l'articolo come i musei, si ributta nel suo ruolo di giornalista a caccia di droghe, Genio si gode lo spettacolo ibrido di una ragazza intelligente e bellissima (per cui ha imparato a provare affetto e amicizia, sorprendendosi di non utilizzarla come materiale da masturbazione) che riesce a sembrare perfettamente a suo agio mentre chiacchiera con uno dei più grandi minchioni nel locale. Non che lui sia proibizionista, solo crede che lo stato legittimi la merda come suo solito, permettendo a 'ste facce da cazzo di vendere droghe chimiche prodotte chissà come, chissà dove, chissà con che dosaggi e con quale solvente pronto ad avvelenarti.

«Fatto» e con mezzo saltello Michelle è di nuovo nel suo campo visivo.

«Ti riconosco un certo talento nell'acquistare droghe.»

«Ma mica le ho acquistate!»

«E scusa, non fai uno specchietto con l'approfondimento chimico dell'analisi di stocazzo?»

«Genio, è il "Guardian", non la rivista dei piccoli chimici.»

«Infatti io preferisco la seconda.»

Michelle guarda Genio con un sopracciglio alzato e una smorfia contrariata.

«Be', cos'è quella faccia?»

«Quando è successo che sei diventato così?»

«Cosa?»

«Così.»

«Corredo genetico.»

«Lo vedi come fai? Perché non provi a dare una cazzo di risposta normale ogni tanto?»

«Sì ma non ti incazzare.»

«Non sono incazzata, però tu esageri sempre.»

«Ma non è che esagero, è colpa di quella lì.»

«Genio, smettila!»

«Sono serio, Michelle, è colpa di quella lì. Quella con il vestito scuro a metà coscia, le gambe più belle del locale e il naso dritto.»

«E chi sarebbe, per avere delle colpe?»

«La mia ex.»

57

I can change

Bologna

Genio guida, al solito, come se fosse un destino a cui è stato assegnato. Guida per professione, ma anche per piacere, perché da quando era adolescente il motore a scoppio lo appassiona come pochissime altre cose. Guida per l'ennesima volta dopo l'ennesima serata, attento a non esagerare con l'alcol ma non con le sigarette, ed è con una di queste in bocca che si dirige verso casa, un dito di finestrino abbassato per far uscire il fumo.

È ormai dentro Bologna, l'alba che arriva alle spalle sulla periferia est mentre esce dall'autostrada e si avvia verso il centro con Michelle che gli dorme accanto. Alla fine non le ha raccontato molto di quella sua ex che l'ha fatto diventare "così". Ha riassunto in tre frasi cinque anni di relazione bellissima, bella, mediocre e poi terminata, forse anche per pigrizia: perché non ha cercato di cambiare davvero, preferendo navigare a vista con una leggera e costante tensione, e poi, sul lungo periodo, ha imbruttito più se stesso che ogni cosa attorno.

Da allora non ha fatto molto per correggere quell'atteggiamento sentimentalmente brusco, grossolano, fintamente polemico che è diventato il suo essere "così". Perché ha scoperto che così ci si trova bene. Specie da quando è single e ha scoperto che può avere molto più tempo per sé, visto che di cose per lui si è accorto di averne fatte pochissime negli ultimi tempi.

Secondo Zeno è una mente eccezionale e dispersiva, sprecata in un lavoro che non lo appassiona davvero ma che in qualche modo ha preso la sua forma. Non sa che da qualche mese Genio ha ricominciato a mixare dischi, dopo aver abbandonato le cuffie anni addietro, scoprendo che questo lo aiuta a mettere da parte il livore che prova verso il suo recente passato. Molte cose lo legano ancora a Claudia, la sua ex con le belle gambe, molte altre sono semplicemente nella sua testa da chissà quando. Ogni volta che finisce di mixare con la consolle che ha comprato, contrattando all'infinito sul prezzo, gli fanno male gli occhi e gli viene il fiatone, come quando giocava a calcio. È come una terapia.

Il tragitto verso casa di Michelle è quasi terminato mentre lei si risveglia sul sedile del passeggero. «Scusa Genio, sono crollata.»

«Capita, non preoccuparti. Come vedi siamo sani e salvi.»

«Infatti sì, grazie.»

«Macché grazie, mi sono divertito stasera.»

«Anche se c'era la tua ex?»

Genio fa un verso incomprensibile mentre accosta.

«Mimì, tu ci sei mai stata in Cina?»

«No, perché?»

«Non lo so, mi gasa.»

«Dev'essere un posto affascinante... Certo hanno un po' di problemi a livello di democrazia.»

«Be' perché qui, dopo quello che hai tirato fuori tu, invece ce la spassiamo.»

«Brontolone, ho fame.»

«È capace che troviamo ancora lì l'artista che sforna pizzette.»

«L'artista?»

«È un forno notturno dietro casa tua, secondo me è illegale ma è aperto da decenni.»

«E fanno anche il dolce?»

«Sei fortunata, lo servono solo alle ragazze francesi, hanno questo feticismo che non capisco...»

«Dài, stupido, andiamo.»

58

L'addio del Generale

Mont Pèlerin, Chardonne

La miseria umana e la stanchezza che sento dentro. Non riesco più a sopportare questa vita, le scelte che non sono mai autonome, che non sono mai mie ma sono sempre legate a ricatti, a pressioni, ad aspettative e quando sembrano libere sono soprattutto sbagliate. Perché noi viviamo così, noi prigionieri, viviamo in un costante labirinto ripetuto, pattern di scelte mistificate, di acqua che bolle fino a consumare la pentola, di polvere schiacciata, di affannosi tentativi per stare sempre da un'altra parte. Mai qui. Mai ora. Ma altrove in altri momenti che non siano vicini, non immaginabili, che raccontino una speranza costante così che le cose diventino più semplici e più facili. Siamo tutti così, noi prigionieri, noi prigionieri di nulla se non di tutto ciò che accettiamo come gabbia. Dentro le nostre automobili, con i nostri computer, con l'iPhone a cercare altri non liberi che approvino attività non libere.

Non vedo altre scelte che questa, rimandare oltre sarebbe solo dare ulteriori ragioni a loro, concedergli

altra umanità, altro tempo, altra vita da sfruttare e da capitalizzare. Se non posso scomparire, se per sempre verranno a trovarmi e per sempre sapranno dove sono aspettando il momento giusto, l'unico modo per liberarmi è quello di morire, sperando che almeno nell'aldilà non esistano HMD, Shepard, olocausti informatici. Sperando che non esista nulla di quanto visto e vissuto finora, sperando che il piatto grigiume di questa vita telecontrollata sia sostituito da altro. Oppure da nulla, in un eterno ignorare.
Tutto questo fa schifo. Non parole. Un gesto.

Generale Arnaud Delacroix

«Ma *quel* Delacroix?»

«Si direbbe di sì.»

«Da quanto tempo è qua, secondo lei?»

«Quarantott'ore, forse qualcosa di più. Ce lo racconterà poi il medico incaricato dell'autopsia.»

«Poveraccio.»

«Il massimo gesto d'egoismo, altroché poveraccio. Siamo tutti pieni di problemi.»

«Sì ma...»

«Dove sono i paramedici per portare via il corpo? Mi sto ghiacciando il culo qui.»

Qualche chilometro più in là, appresa la notizia, il venticinquesimo piano esplode di grida e fogli lanciati per aria, alcune cose di poco conto si frantumano contro le pareti. Christian Shepard, nell'unico momento senza controllo degli ultimi quindici anni, distrugge metà dell'ufficio che ha ospitato la nascita e lo sviluppo di HMD. In un angolo accanto all'ascensore il Dottor Negroponte, con le mani tra i capelli, osserva la scena inerme. Non c'è più nulla che possa fare per fermare Shepard, come nulla aveva potuto fermare la discesa nell'inferno personale del Generale.

HMD è sull'orlo del disfacimento più che mai, esattamente per lo stesso motivo per cui è sempre stata in pericolo: la natura umana.

Shepard ritrova se stesso con qualche respiro profondo e appoggiando le mani al vetro della finestra sussurra a se stesso: "La variabile umana resta imprevedibile e debole, è l'accesso a ogni informazione".

59

Vez Anderson

Bologna

«Com'è che dite te e Zeno? Chi è quella lì?»

«Una che non sei tu.»

«Simpatico... E guarda che è una fortuna.»

«Io guardo sempre, Michelle. Pure a te ti guardo.»

«Dubitavo di tante cose ma non di questo.»

«Addirittura? Truppa! È arrivata Monica Vitti!»

«Siete uomini, guardate.»

«Cosa fai? Generalizzi? L'affermata giornalista di stocazzo con uno degli intelletti più fini del globo generalizza?»

«Be', dimmi che ho sbagliato allora.»

«No, infatti io guardo tutto.»

«Ma tu sei un caso eccezionale, Genio. Pare di stare sotto processo con te accanto.»

«Guarda che puoi anche tornare a casa, nessuno ti obbliga a stare qui.»

«Non fare il permaloso!»

«Non faccio il permaloso, scusa eh. Mi dai contro, che devo fare? Incassare?»

«Si può reagire anche con ironia, all'ironia.»

«Non si capiva, la tua ironia... Gnè gnè.»

Nella sala del cinema ci sono solo loro e un'altra coppia, qualche fila più avanti. I due rimangono per un momento a fissarsi.

«Genio?»

«Che vuoi?»

«Ma tu ci stai mai zitto?»

«Cosa fai? Continui?»

«Se stai zitto dieci secondi ti do un premio.»

«Che premio?»

«Stai zitto dieci secondi?»

«Mmh.»

Michelle conta lentamente da uno a cinque, si avvicina a Genio e lo bacia sulle labbra, con trasporto ma non troppo: un po' perché le piace stare in sua compagnia, anche se ogni tanto è davvero insopportabile, un po' perché è un bel ragazzo anche se non se ne accorge – si chiede se non faccia finta, in verità – e un po' perché non c'è niente di male a farlo. No? No.

Nella testa di Genio, mentre Michelle si avvicina, c'è una musichetta, come in ogni secondo della sua vita d'altronde, e per l'occasione è la sigla di *Ok il prezzo è giusto!* che fischiettava prima alla cassa del cinema mentre si lamentava del costo del biglietto, troppo alto per lui, che non rientra più nella categoria protetta "studenti universitari". Cani maledetti.

E così Genio riceve il primo bacio di Michelle canticchiando *Ok il prezzo è giusto!*, il classico tema da film erotico. Le labbra di Michelle sono tipo *wow!*, sono la Cosa, la Forma, la Sostanza, la droga definitiva, sono l'esagerazione massima che il giovane uomo possa immaginare. O forse è solo che da quando ha lasciato Claudia, due anni fa, è stato con due ragazze in tutto? Due piccole avventure da niente, tra l'altro. Una poi era anche un mezzo bagaglio, ribattezzata prontamente "il catafalco" dalla balotta. Capita di fare errori di valutazione anche a un esperto osservatore come lui, che per difendere la sua scelta sosteneva fosse una rarissima esperta di "socialismo e deepthroat". Nessuno ha mai davvero indagato cosa intendesse.

E così ecco la bella Michelle Lacanti, astro nascente del giornalismo mondiale, che come un'adolescente mezza accovacciata nella poltroncina del cinema decide che si può fare, si può dare un bacio per scherzo o per gioco o perché semplicemente le va, al barbutissimo Genio, che finalmente, dopo ore di chiacchiere, ammutolisce e la guarda con gli occhi spalancati, in un misto di sorpresa, preoccupazione, eccitazione e vuoto pneumatico.

«Be'? Non parli più adesso?»

«Eh... Senti, Michelle, del film non me ne frega un cazzo, ti va di fare l'amore?»

«Mi sembra prematuro.»

«Ah, ok.»

Genio abbassa lo sguardo verso la lattina di Fanta che ha acquistato, provando un senso profondo di inadeguatezza e sconfitta che solo un uomo rifiutato può capire, ma poi, fiero, si rialza con il solito sorriso da provocatore nato. Fissando Michelle negli occhi, si gioca la carta migliore che ha: «E adesso?».

«Ahahahah» Michelle ride e non risponde.

Genio continua a fissarla con la faccia arrossata e sorridente. «Adesso, sì. Nel bagno del cinema?»

«Non esagerare.»

«Travolti da un'irrefrenabile passione?»

«Ma tu non abiti...»

«Mentre ti tengo la bocca tappata?»

«Genio...»

«Facevo lo scemo, Mimì. Abito qua dietro, andiamocene.»

Neanche il tempo di finire la frase che Genio ha già la giacca addosso e si avvia verso l'uscita, mentre Michelle lo segue ridendo.

«Signori, il film inizia tra poco.»

«Mavaffanculo, il regista è un coglione!»

60

Quasi liberi

Via San Rocco, Bologna

Il campanello della casa in via San Rocco esprime tutto la sua armonia da cicalino degli anni Cinquanta urlando come un allarme antiaereo. Ogni volta che sente quel suono, Zeno pensa all'onomatopea del campanello della casa di Dylan Dog e a quanto desidererebbe avere un maggiordomo come Groucho al suo servizio.

Anche perché spesso, quando suona il citofono e non aspetta visite, Zeno nemmeno va a rispondere, tra testimoni di Geova, preti vari, rappresentanti di aspirapolveri, agenti immobiliari, pubblicità di pizzerie in buchetta, giovani marxisti, giovani dell'Enel, giovani della bolletta del gas, giovani di belle speranze e giovani non più giovani che suonano e scappano ricordando i bei tempi, è sempre meglio far finta di niente. Dopo un secondo tentativo e nessuna risposta dalla strada si alza un grido: «Oh Zeno, apri che ho freddo».

Zeno si affaccia alla finestra e in strada, davanti al portone, nota Genio che, senza preavviso, ha deciso di fargli visita. Non capita spesso in questi tempi di ipercomunicazione, sarà qualcosa di importante. Zeno dà il "tiro" e Genio lo raggiunge nel caldo appartamento, mentre Dinofava scodinzola e scorrazza avanti e indietro nel corridoio.

«Come mai da queste parti, Eugenz?»

«Ti devo dire una cosa e volevo farlo di persona e mi si è scaricato il telefono.»

«Birretta?»

«No. Cioè sì. Aspetta. Ieri sera sono andato al cinema con Michelle e poi abbiamo fatto l'amore.»

«Ah.»

«Già.»

«Be', molto bene no? Non sbagli mai un colpo.»

«Sono un professionista, Zeno, lo sai.»

«E perché dovevi dirmelo di persona?»

«Perché sei il mio migliore amico e l'unica persona a cui può veramente interessare questa cosa.»

«Genio, stai bene? Non è che ti sei innamorato?»

«No. Cioè sì. Aspetta. Mi sono innamorato, perché è una bella figa e supersveglia e in questi giorni da quando è arrivata abbiamo scherzato e ci siamo drogati, siamo stati bene e tutto quanto. Poi però è successo che abbiamo fatto l'amore per tutta la notte e un secondo dopo la terza eiaculazione mi è passato tutto. Stamattina mi son detto: "Basta così".»

«Ma ci credo sarai stato esausto, non confondere l'appagamento di una scopata con la fine di una storia.»

«No, Zeno, non confondo un bel niente, c'ho dormito su un paio d'ore e ho capito che non ne voglio sapere mezza di avere una tipa in giro per casa tutti i giorni e magari anche un cane. Senza offesa, eh!» fa rivolgendosi al piccolo Dinofava, che per tutta risposta drizza le orecchie.

«Mi stai dicendo che io faccio una vita di merda che tu non vorresti mai fare?»

«No, ti sto dicendo che ci vogliono le palle e tanta voglia per fare la tua vita e io non ne ho mezza.»

«Di palle?»

«Di voglia, coglione.»

«Secondo me ti sottovaluti.»

«Secondo me sei tu che ti sottovaluti, tu e la tua morosa avete rimesso in piedi un movimento politico partendo da un cadavere, un Frankenstein della coscienza collettiva: tu scrivendo cazzate su un blog, lei parlando alle assemblee. Nel frattempo vi siete trasferiti a vivere assieme, con un cane e tutta la vita davanti. Siete dei cazzo di eroi. Io invece mi scopo la giornalista gnocca e poi scappo e magari guido l'autobus, sì, ma volevo girare il mondo, non la via Emilia. E Michelle è abbastanza intelligente da venire a letto con me sapendo di non doversi aspettare nulla dal domani, da oggi, perché sono un coglione, simpatico magari, ma pur sempre un coglione. Non voglio abbandonare quella parte di me che mi permette di essere libero, di fare sempre tutto quello che ho voglia di fare. Non la voglio una relazione stabile.»

«Con me hai una relazione stabile e puoi fare quello che vuoi.»

«Grazie, tesoro, ma con te non scopo per fortuna, e poi andiamo troppo d'accordo per avere una relazione di coppia.»

«Comunque si può essere liberi anche avendo una relazione.»

«Cazzate. Al massimo si può essere quasi-liberi.»

«E non vale lo stesso anche per i single incalliti come te? Se per esempio Michelle non fosse venuta a letto con te, tu saresti rimasto con quel desiderio e non saresti mai stato libero di fare l'amore con lei.»

Il fantasma di Vasco aleggia ancora una volta sulla conversazione. Di tutte le volte che Zeno e Genio si erano ritrovati a parlare di ragazze e utopia, questa sembra diversa, sembra un passaggio, come quando ti accorgi che la birra è più buona della Coca-Cola e fa pure meno male. Genio, un po' interdetto, in un impeto di affettuosità abbraccia Zeno e dopo qualche secondo di silenzio riattacca: «Mimì ne ha viste tante, tu non sai cos'ha dovuto affrontare per arrivare fin qui. La ragazza è bella e intelligente, ma si porta dietro un bel camion di fantasmi, e io so che non posso trasformare la nostra quasi-relazione in qualcos'altro. Farei solo del male. Tu invece...»

«Io cosa, Genio?»

«Tu sei bravo. Quella birretta?»

61

Rassegna stampa

"Trovato privo di vita il corpo del Generale Delacroix, dirigente del progetto HMD. La lettera ritrovata fa pensare a un suicidio."

"I governi europei concordano sulla necessità di creare una polizia di frontiera comune – marittima e terrestre – che aiuti a controllare i confini nazionali nella gestione dei flussi migratori. Il portavoce della Nothing dichiara: 'Una tecnologia senza confini per poter controllare le nostre frontiere senza discriminazioni e senza razzismo. Questo è progresso'."

"È previsto l'arrivo di mezzo milione di attivisti provenienti da tutta Europa. Il summit di Vevey, a una settimana dal suo svolgimento, si caratterizza già come un evento di portata storica."

"Il Bologna tenta la fuga dalla zona calda della retrocessione."

"Sensazionale scoperta: secondo un gruppo di ricercatori dell'università di Kiev l'uomo discenderebbe dal granturco."

62

Una gitarella sul lago

Bologna-Vevey

Il pullman di Genio ruggisce nella giovane notte di Bologna. A mezzanotte, in piazza VIII agosto, la città è ancora viva e fa sentire meno sole quelle cinquanta persone infreddolite in attesa di un passaggio per Vevey. Gli argomenti di discussione sono molto vari ma raramente si parla dell'indomani, di cosa succederà, sembra quasi esserci un tabù. Il Bomber tiene banco raccontando di quella volta nel '77 quando c'erano le molotov e, mimandone il lancio con una bottiglia di Peroni, finisce per inzupparsi di birra la manica della giacca. Qualcuno ride, qualcuno non se ne accorge neppure.

«Bella regaz, scusate il ritardo» fa Genio, aprendo la portiera scorrevole. «Dài, saltate su che ci aspetta una notte di viaggio.»

Viaggiare di notte è l'unico modo per raggiungere il lago di Ginevra di mattina presto, ed è anche un buon modo per dormire male e fare pensieri abbastanza superficiali da condizionarti l'umore per le ore successive.

Dopo la classica ora di caciara da pullman in gita scolastica, il 54 posti Mercedes piomba in un silenzio irreale che lo accompagnerà fino alle prime luci dell'alba, quando verrà risvegliato dall'abbraccio delle Alpi e da una leggera foschia autunnale. Genio toglie la filodiffusione e si accontenta degli altoparlanti dedicati al posto guida. Ha tardato soprattutto per caricare la chiavetta USB con i pezzi adatti per il viaggio, ma si vergognava a dirlo. Diversi album e quasi sei ore dopo, compresa una pausa per sgranchirsi le gambe e pisciare, è fiero di annunciare: «Gentili passeggeri, vi ringraziamo per aver scelto la nostra compagnia. La GenioLines vi dà il benvenuto in Isvizzera e fuori dall'Euro. Mancano quindici minuti all'arrivo, toglietevi il pigiama e lavatevi i denti, che io cerco un bar dove prendere un panino al formaggio».

«A quest'ora? Che schifo.»

«Il caffè in Svizzera non è così male.»

«Ma è ancora legale l'erba?»

«C'è più freddo.»

«Soccia, che male al culo!»

«Però è tutto così pulito.»

«Ma che lingua parlano gli svizzeri?

«È tipo francese ma un po' italotedesco.»

Zeno si stiracchia fino a far uscire la polvere dalle vertebre, subito il freddo congela ogni entusiasmo della truppa. Braccia conserte, gobba d'ordinanza e le facce contrite di chi non ne vuole sapere mezza.

«Ma che ore sono?»

«È presto.»

«Bologna-Vevey in 5 ore, 54 minuti e 34 secondi: Alboreto is nothing.» Genio, con la sua consueta modestia e un citazionismo compreso da pochi intimi, rientra con un saltello sul suo pullman. «Regaz, visto che non sono nemmeno le sette io ne approfitto per farmi un paio d'ore di sonno, vi raggiungo al punto di ritrovo.»

«Stai in occhio, Genio...»

«Chissà se ci sono i paki che vendono le birre, in Isvizzera.»

Un paio di chilometri li separano dalla sede della Nothing, composti perlopiù da un lungo viale alberato che conduce al lago. Partono compatti, stretti nelle giacche e con gli zaini in spalla, incrociando lungo il percorso sempre più facce simili alle loro, che arrivano da posti lontani migliaia di chilometri ma sono lì, nel culo capitalistico della Svizzera, per lo stesso motivo. E così i folkloristici ragazzi berlinesi trasformano in un attimo i grugni del pullman bolognese in abbozzi di sorrisi e pacche sulle spalle, presentazioni in italo-franco-tedesco-danese-spagnolo e thermos di caffè da condividere. Ci sono quelli che lanciavano palle di neve a Copenaghen e i "ginnasti" scavalcatori di barricate di Bruxelles, arrivano gli scudi di cartapesta dei book blocks con le loro facce da dottorandi in Lettere senza paura e i traslocatori di cassonetti di piazza Syntagma, le facce colorate dei giocolieri e di chi ancora una volta tenterà di seppellirli con una risata. Ci sono anche quelli vestiti di scuro, perché alle volte non è più possibile tenere le mani in tasca e ci sono troppi totem da abbattere. Ci sono bambini e anziani, non tanti, ma ci sono. Il più giovane ha quattro anni, si chiama Gustav ed è il figlio di una giovane coppia locale, scesa in strada per partecipare alla manifestazione. Non sembrano preoccupati, tantomeno Gustav che si diverte a giocare con un palloncino giallo regalatogli da un busker di passaggio. Il più anziano si chiama Viktor e viene da Minsk: ottantasette anni e non sentirli, bandiera rossa sulle spalle e un bastone da passeggio che deve aver battuto chilometri di strada.

Durante la mattina partono i primi cori franco-anglo-italo-coreani, creando una texture di voci e facce che riflette l'eterogeneità di un movimento su scala globale. Dopo le sconfitte di Copenaghen e Genova, dopo Roma e dopo troppe volte ognuno in casa propria, con i propri morti, le proprie facce spaccate, i fallimenti da rimettere insieme e superare ogni volta, ripartire sempre meglio contro chi vorrebbe tutto sempre peggio.

«Come stai, Ele?»

«Mmh. Nervosa.»

«Guarda qua, dài! Siamo tantissimi e coloratissimi ed è persino una bella giornata. E siamo in Svizzera!»

«Zeno, ma ce la fai a essere serio ogni tanto?»

«Eh? Stiamo arrivando al primo traguardo dopo mesi di lavoro e devo tenere il muso? Fammi capire.»

«Non capisci.»

«Non capisco? Ore e giorni passati a mettere assieme tutto questo, a scrivere, a starti vicino, a starti lontano quando giravi per le conferenze, tenere tutto assieme malgrado questo e non capisco? Ma che cazzo vuoi, Ele?»

«...»

«Oh...»

«Fa niente, Zeno, scusa.»

«Ma dài, ma che scusa. Siamo tutti stanchi. Scusa tu se ho alzato la voce.»

«No, Zeno, scusami.»

«Vabbe' allora ti scuso. Bacino?»

Dicono fossero più di cinquantamila, arrivati con pullman che hanno tagliato le notti dal Danubio, dal Po, dal Reno, dalla Senna come piccoli ragni dentro la rete autostradale del vecchio continente. Ogni mezzo pieno di idee, paure, ideali altissimi e bassissime battute, odore di formaggi, salumi, cous cous, pane fatto in casa, comprato al supermercato, verdure bio e confezioni già pronte, ognuno con le sue contraddizioni da consumatore, tutti con lo smartphone, tutti sotto controllo mentre lottano contro questa sorveglianza che li anticipa, li segue, li guarda dall'alto e se loro nulla possono il controllo invece può tutto, può organizzare la più grande manifestazione contro se stesso in una cittadina appoggiata su un lago. In Svizzera. Che bell'idea, bravo controllo.

«Michelle, in che lingua lo farai l'intervento?»

«Eh?»

«Non sei italo-tedesco-francofona?»

«Sì. Ma credo lo farò in inglese per comodità di tutti.»

«Ma sei più bella quando parli francese.»

«*Vous êtes stupide*, Genio.»

«Mi piace questa donna, ne ordino due!»

Il momento esatto della prima carica non lo sa nessuno. Si sa che per tutta la giornata c'erano state provocazioni da parte di forze dell'ordine e black bloc, che come sempre scorrazzavano impuniti e conniventi.

Ma è durante l'intervento di Eleonora che tutto comincia ad andare a rotoli. La storia si ripete, gli occhi si riempiono di lacrime e le vie respiratorie bruciano, le gambe corrono all'impazzata verso l'ossigeno, lontano da lì, ora.

«Ele! Ele siamo qui! Ele!»
«Porca puttana lo sapevo! Lo sapevo!»
«Ele, smettila, pensiamo a metterci al sicuro.»
«Non dire cazzate, dobbiamo andare a trattare. Non possono farlo, non possono fare così.»
«Eleonora, ti prego, l'abbiamo già vista questa scena. Non si fermeranno.»
«No, questa volta non sarà come le altre.»
Eleonora con Moritz e Zaid, rispettivamente coordinatori del movimento in Germania e Francia, spariscono dietro il palco principale su cui poco prima Michelle aveva raccontato gli ultimi sviluppi del suo reportage e il coinvolgimento del Parlamento europeo nell'*affaire* HMD. Quel palco da cui Eleonora era dovuta scendere di corsa, in un momento in cui sembrava davvero tutto possibile. Sembrava possibile a tutti che quel corpo di giovane donna, con la sua voce decisa e armonica che aveva fatto innamorare Zeno e altri mille ragazzi e ragazze, potesse partorire l'idea vera di un nuovo noi. Una speranza solida, rafforzata dal calore e dalle convinzioni di migliaia di persone.
«PORCATROIA!»
«VIA VIA VIA!»
«MERDE! SIETE DELLE MERDE!»
«Zeno di qua! Dài tutti! Dài! Dài!»
«Porca puttana ci fanno fuori questi, sono matti!»
«Barricate! Barricate!»
«Diamo una mano ai greci!»
E così i topi sono nella trappola. Non è neanche un sabotaggio, è un piano ben congegnato che il controllo ha saputo elaborare. Il controllo controlla e nessuno

controlla lui. E così Zeno, Luca e Genio sono gomito a gomito come a diciannove anni dietro a una barricata mentre i lacrimogeni stanno tagliando sempre più l'aria, mentre è difficile riuscire a vedere anche solo un metro più in là. Tre trentenni adolescenti e incoscienti. Quello con il caschetto e la scritta PRESS che cerca di chiamare e il telefono non prende. Quello con il giubbotto da gare di car-audio che urla e insulta chiunque, soprattutto Dio e la polizia. Quello con la barba da quando aveva quindici anni e le mani cicciotte, che alle molotov ha cominciato a preferire le bottiglie di vino buono e i cocktail per gli amici, ha scelto di passare oltre un'altra barricata, quella del bancone. Falliti, ancora una volta, tutti e tre.

«Regaz, questi ci ammazzano.»

«Luca, smetti di dire stronzate porca troia.»

«Smettetela, non serve a un cazzo litigare adesso!»

«Michelle? Dov'è Michelle?»

«Genio che cazzo ne so dov'è Michelle!»

«Io non mi sposto senza Michelle!»

«Non c'è tempo per Michelle, sarà al sicuro vedrai. Dobbiamo fare qualcosa per uscire da qua.»

«Quei mongoloidi dei black bloc dicevano di avere delle molotov.»

«Bell'idea del cazzo, Luca!»

«Ma ce la fai a non urlare, Genio? Vaffanculo!»

«Ma vaffanculo tu e le molotov!»

«Ma ho detto che le voglio lanciare io?!»

«OH REGAZ, QUESTI LE LANCIANO! VIA VIA VIA!»

E così la prima molotov è a mezz'aria e fa sempre il suo effetto nel roteare infiammata. Il tiro è corto ma efficace e si schianta con una vampata non molto lontano dalla linea degli agenti, che nel frattempo erano indietreggiati verso i blindati. Sono i mezzi pesanti della polizia a fare breccia nella barricata improvvisata, per spianare la strada agli agenti a piedi che arrivano con le loro maschere antigas e cominciano a menare con gli occhi iniettati di sangue e il respiro corto. Anche questa strada si allaga di sangue e satura l'aria di grida al ritmo dei colpi sordi dei manganelli. Mentre la prima linea avanza, la seconda li porta via.

«PRESS! PRESS! PRESS!»

«Oh merde, lasciatelo è della stampa!»

«PRESS! PRESS!»

Zeno si accartoccia dopo una manganellata ben piazzata sul costato. Luca urla poco distante, impotente. Una manganellata anche a lui per farlo tacere e portare via l'amico.

«Luca! Luca!»

«Michelle vaffanculo dov'eri?!»

«Qui nascosta, voi?! Genio? Zeno?»

«Non lo so, non ci capisco un cazzo. Merda!»

«I telefoni non vanno...»

«Ce l'hanno messo in culo...»

«Technological warfare...»

«Andiamo via, Michelle, cerchiamo gli altri.»

63

Joie de vivre

Sede della Nothing, Vevey

«Prego, i signori possono attendere qui. L'amministratore delegato sarà subito da voi. Gradite qualcosa da bere intanto? Un cordiale, un tè, un caffè?»

«Una Coca.»

«Una Coca, arrivo subito.»

«Facciamo due.»

«Certamente.»

«Anzi un po', suvvia, un po' di coca.»

«Comandi, con permesso.»

Sghignazzano.

La grande hall della sede della Nothing risplende nelle sue finiture di marmo e vetro, con la calma irreale appena fuori dalla porta. La piazza deserta, il lago che guarda e in lontananza un rumore di voci disperse nel vuoto. I divanetti in pelle scura e un maggiordomo d'altri tempi sono la morbida accoglienza che la holding riserva ai gentiluomini dell'agenzia europea per la gestione della cooperazione internazionale alle frontiere esterne degli Stati membri dell'Unione.

Sono in quattro, ma si muovono e parlano con una tale comunione di intenti da sembrare una persona sola: Frontex.

Non appena l'ormai noto ascensore apre le sue porte, Frontex alza la testa dal tavolo di vetro, dalle carte di credito e dai franchi svizzeri, e con la bocca aperta e gli occhi stretti volge lo sguardo al padrone di casa.

«Buongiorno, signori, scusate l'attesa ma abbiamo avuto un piccolo contrattempo. Spero che Archibald abbia soddisfatto tutte le vostre richieste.»

«Buongiorno, Shepard, sempre impeccabile. Non certo come noi!» Sghignazzano. Pacche sulle spalle.

«Abbiate la cortesia di seguirmi, saliamo al venticinquesimo.»

L'ascesa è limpida, Shepard illustra con orgoglio tutti i reparti delle sede operativa, gli impiegati e i quadri chini sul loro lavoro che fanno finta di niente ma sanno di essere osservati. Tutto perfetto, impeccabile.

Il Dottore, camice bianco e braccia dietro la schiena, attende impettito al centro della grande stanza. Non è pronto e lo sa, ma conosce anche il tenore intellettuale di Frontex e spera di cavarsela in questa piccola farsa.

«Signori, vi presento il Dottor William Negroponte, responsabile capo di Human Media Development.»

«Buongiorno e benvenuti. Siamo pronti, signore.»

«Non ne dubito, Dottore. I signori di Frontex vorrebbero avere una piccola dimostrazione del funzionamento del nostro software e direi che la giornata di oggi sarà un banco di prova piuttosto efficace.»

Frontex si aggiusta la cravatta e controlla l'orologio mentre alcuni corvi gracchiano oltre le grandi finestre insieme a indistinguibili cori di voci umane, che gridano in lontananza.

«Shepard, lei è proprio una vecchia volpe, seppur giovane. Ci sta dicendo che dovremmo rimanere qui tutto il giorno per assistere al suo spettacolo.»

«Spero non sia un problema.»

«Archibald resta qui con noi, vero? E con lui i suoi "servizi"?»

«Certamente, vogliamo cominciare? O meglio, tutto è già cominciato. Dottore, vuole spiegare ai nostri amici cosa stanno per vedere?»

«Certo, Capo. Iniziamo col dire che oggi a Vevey ci sono 112.440 persone in più rispetto alla popolazione residente. 9700 di questi appartengono alle forze dell'ordine e 1132 sono vigili del fuoco e sanitari. Di tutti gli altri sappiamo quasi tutto: sappiamo che 788 sono intenzionati ad arrecare danni e provocare scontri con le forze dell'ordine. Sappiamo che altri potrebbero assecondarli ed altri ancora tentare di isolarli, più o meno nella proporzione di 1 a 10. Ora, questi numeri da soli potrebbero non essere di alcuna utilità, è vero. Ciò che è determinante è che HMD ci permette di conoscere i nomi delle persone che eseguono, o eseguiranno, determinate azioni. Tutto da qui, tutto da questo terminale. Lo stesso terminale da cui, in qualsiasi momento, possiamo disconnettere tutti i dispositivi elettronici delle 101.608 persone partecipanti alla manifestazione. Così.»

Al gesto solenne del Dottore nel premere il tasto "invio" non corrisponde una reazione adeguata nel mondo tangibile. Nessuna esplosione, nessun lampo. Tutto resta apparentemente immutato. Frontex si volta verso

Shepard mentre Shepard fissa il Dottore, il quale ha un sorriso ebete e soddisfatto. Da fuori i cori aumentano di intensità, ogni tanto si sentono parole provenire da un altoparlante e scrosci di applausi.

Il silenzio dentro lo stanzone è imbarazzante. Shepard si schiarisce la voce: «Abbiamo fatto in modo che le forze dell'ordine potessero isolare i violenti e gli aspiranti tali tramite una mappatura dei presenti. In queste ore abbiamo geolocalizzato tutti i cellulari presenti in città e, grazie alle informazioni elaborate da HMD in base ai loro dati personali, potremo individuare nella folla le varie sottocategorie che ci interessano. Alcuni verranno arrestati e processati, altri passeranno una notte nelle confortevoli celle svizzere, altri verranno rilasciati subito e altri ancora, una grande maggioranza si suppone, non verranno neanche sfiorati. Quello che il Dottore ha appena eseguito è il primo step del cosiddetto "sezionamento": in questo momento le comunicazioni tra i manifestanti sono interrotte per circoscrivere le reazioni in un'area limitata».

Frontex osserva con sguardo bovino Shepard e il Dottore accanto a lui prima di scoppiare in un applauso e grasse risate. «Ma che bellezza, Shepard! Ma come siete ingegnosi! Questo è progresso! Noi della Frontex saremo entusiasti di trattare i termini di utilizzo di questa meraviglia della scienza! Quante cose potremo fare! Quante persone da fermare! Archibald, apparecchia!»

64

Questione di feeling

Vevey

«Come ti senti?»

«Una merda, come sempre ultimamente.»

«Hai fatto la scelta giusta.»

«Lo so. In fin dei conti credo di averlo sempre fatto, ma questo non mi ha mai impedito di sentirmi una merda. Come posso anche solo pensare di tornare a Bologna, adesso?»

«Non lo fare, resta qui.»

«Certo che resto. Ma qui dove? In questo palazzo di vetro?»

«Qui con me. Non ti succederà niente.»

«E gli altri?»

«Anche a loro non succederà niente, domattina potranno tornare a casa. Non succederà niente di male a nessuno. Noi siamo i buoni, ricordatelo.»

«No, non siamo né buoni né cattivi, sono categorie da bambini. Noi siamo giusti. Mi dispiace che qualcuno non riesca ancora a capirlo.»

«Arnaud è stato semplicemente un vigliacco.»

«Non mi riferisco solo a lui.»

«Dimenticati di quella gente, tu non sei mai stata come loro. I tuoi sono orizzonti infiniti e la tua anima, la tua testa, i tuoi pensieri sono tutt'uno con essi. Lasciali perdere e vivi la tua dimensione, la nostra dimensione.»

«Sì. Sono stanca però, andiamo via.»

«Tutto quello che vuoi. Ancora qualche giorno per sistemare un po' di burocrazia. Quelli della Frontex resteranno un altro po' a pippare coca e intrattenersi con eleganti signore. Noi tra una settimana saremo alle isole Gili. Non vedo l'ora di stare con te e basta.»

«Anch'io.»

65

Grand Hotel

Villeneuve, Svizzera

«Hai visto che ci sono dei vasi di ficus in corridoio?»

«Lascia perdere, Genio. Non ti rendi conto di quello che è successo.»

«Mi aspettavo di tutto, Zenuccio, le manganellate, i fumogeni e persino che ci arrestassero, ma i ficus nel corridoio della prigione proprio no. Che Paese civile, la Svizzera, eh?»

«Non è un carcere.»

«È quello che ti fanno credere. Certo, l'ambiente è migliore di certi ostelli che abbiamo visitato e c'è anche un piacevole profumino di lavanda. Ma puoi uscire quando vuoi? Non credo. Quindi: gabbio.»

«Può essere che non gli freghi niente del tesserino?»

«Quel tesserino è finto, è come il mio badge dell'università, serve solo per lo sconto al cinema.»

«Genio, per favore, taci e pensa a un modo per andarcene da qui.»

«Temo dovremo aspettare che ci rilascino, ma nell'attesa non ho molte idee. Hai un cucchiaino?»

«Va' a cagare.»
«No, allora niente, aspettiamo.»

Passano la notte su delle panche di legno in compagnia di altri militanti arrestati, con i visi stanchi e poca voglia di socializzare. Zeno, al contrario di Genio, non chiude occhio. Le domande gli affollano la mente e gli spalancano le palpebre a cadenza regolare. Perché Eleonora non era con Luca e Michelle quando si sono sentiti al telefono? Le sarà successo qualcosa? Ti sembra il caso di passare la tua prima notte al gabbio all'alba dei trent'anni? E la mamma cosa penserà? Ma perché questo agguato? Perché gli sbirri sono così infami? Ma sarà poi colpa loro? E quel coglione di Shepard? Cosa avranno deciso quei criminali di Frontex? È stato tutto inutile? Ele, dove sei?

66

Da "Giap", non solo il blog di Wu Ming

Sulla giornata del 21 novembre a Vevey si scriverà a lungo, e ognuno racconterà una storia diversa.

Molte cose sono passate anche qui su "Giap", non solo attraverso nostri scritti ma anche grazie ai contributi di Zeno De Marchi, che ha saputo riportare gli umori e gli sviluppi dal coordinamento bolognese. A lui e a tutti gli attivisti presenti alla mattanza va ovviamente il nostro abbraccio, che possano tornare tutti in salute a lottare contro il conglomerato più pericoloso di cui abbiamo mai avuto nozione.

Ci permetteremo una timeline quanto più analitica possibile, alcuni orari sono approssimativi o dedotti attraverso le attività dei telefoni.

6:50 Arrivo della rappresentanza bolognese e del Nord Italia con numerosi pullman. Molti arriveranno più tardi con treni e auto, molti non raggiungeranno mai la meta poiché bloccati al confine italo-svizzero.

La sede della Nothing è stata separata dal resto della città da parte delle forze dell'ordine, con barricate di tubi, jersey, plexiglas e un dispiegamento di circa diecimila uomini, divisi tra chi presidiava le vie d'accesso e chi sarebbe intervenuto (ma questo lo scopriremo solo dopo) alle spalle dei manifestanti.

11:00/11:15 Il corteo prende vita e risale Avenue de Gilamont in direzione del viadotto che condurrà gli oltre cinquantamila presenti lungo Route de Chatel fino alla fermata Corseaux, per poi defluire all'interno della città.

13:30 Dopo numerosi interventi dai palchi mobili improvvisati su camioncini, sul palco principale vicino a Corseaux prende la parola Michelle Lacanti, autrice del *Reportage Nothing*, con un intervento lucido e appassionato su ciò che rappresenta formalmente HMD.

13:50 Eleonora Maggio prende parola tra gli applausi non solo della rappresentanza italiana ma di tutti i presenti. La giovane bolognese ha saputo valicare i confini nazionali del movimento grazie a un carisma che l'ha portata tra i vertici del movimento, facendola diventare uno dei riferimenti dell'opposizione alla Nothing S.r.l.

14:10 Da una schermaglia a metà del corteo giunge una prima carica con lancio di lacrimogeni e utilizzo di idranti su mezzi blindati. Irrompe rapidamente il panico tra i presenti, che tentano di disperdersi nei campi adiacenti.

14:15 Da Chemin de Chantemerle, secondo le testimonianze foto e video, arriva una seconda carica di lacrimogeni e idranti a tagliare in due tronconi la folla, obbligando i presenti, rinchiusi in una manovra a tenaglia, a una fuga quanto più rapida possibile. Nel frattempo, forze dell'ordine con maschere antigas occupano la strada tra Chantemerle e Vergers mentre la coda del corteo retrocede confusamente.

14:25 Dalla testa del corteo non è possibile capire l'esatta dinamica delle operazioni di polizia. Alcune frange violente del movimento decidono di oltrepassare il palco principale dirigendosi verso Route des Cerisiers.

14:28 Eleonora Maggio, il tedesco Moritz Loderbauer e il francese Zaid Beaini si avviano come delegazione per trattare con le forze dell'ordine. Immediatamente dopo il loro distacco, dalla testa del corteo giungono boati: la polizia ha stretto i presenti in una pioggia di lacrimogeni, idranti e blindo, che insistono sulla folla obbligandola a disperdersi nel panico, rastrellano sistematicamente chi rimane indietro o a terra e percuotono e massacrano chiunque capiti loro vicino.

14:30 È l'ultimo orario affidabile della timeline. I manifestanti vengono caricati da quattro blindo con idranti e una sezione di fanteria con lacrimogeni e ognuno cerca di mettersi in salvo come può. Schiacciati in un vicolo, i superstiti si barricano con mezzi di fortuna, tra cui cassonetti e auto. Da poco lontano si alzano fumi neri.

Non è più possibile utilizzare la comunicazione cellulare: un vero e proprio black hole di comunicazione, il "technological warfare" svizzero raggiunge vette mai toccate prima.

14:50/15:30 Dopo il lancio di tre molotov, due blindati delle forze dell'ordine distruggono la barricata di fortuna e permettono agli agenti a piedi di prendere il sopravvento sulla folla disarmata. Molti vengono percossi malgrado le mani in alto in segno di resa, parecchi dei giornalisti presenti subiscono lo stesso trattamento nonostante il caschetto con la scritta PRESS in bella evidenza.

17:00 (orario incerto) Nessuna notizia di Loderbauer, Beaini e Maggio. È evidente che nessuna trattativa è stata possibile. Si cerca insistentemente di comunicare con i trattenuti. Molti chiamano i propri legali in Italia, i giuristi presenti cercano di organizzarsi.

Di Eleonora Maggio, invece, non si hanno notizie.

Crediamo che quello vissuto a Vevey sia stato uno dei punti più alti della repressione in Europa. Il governo svizzero, con la connivenza inevitabile degli altri governi europei e mondiali, ha violato i diritti dell'uomo regolati dall'accordo della vicina Ginevra. Viviamo come inevitabile sconfitta per tutti questa giornata, ma crediamo sia inevitabile per il movimento "Everything" ripartire da questo 21 novembre per contrastare un'idea di mondo che non ci appartiene.

67

Oggetto: (nessun oggetto)
Posta in arrivo, Ele M., 17:32

Caro Zeno,

so che leggerai queste righe quando saremo già lontani, in nazioni diverse, con persone diverse, impegnati su fronti diversi.

Non tornerò sui miei passi, ormai la decisione è presa e non posso più guardare al passato. Non è più quello che voglio, forse non l'ho mai veramente desiderato. Ho imparato a volere altro, ho appreso a volere il meglio disponibile non solo per me, ma per tutti, lontana da tutte quelle strutture novecentiste che rallentano il progresso della civiltà. Lontana da tutte quelle zavorre ideologiche che per anni mi sono trascinata dentro.

È possibile arrivare al punto massimo della nostra evoluzione imparando da ciò che siamo stati, certamente, ma a quel punto tutto ciò che siamo stati va abbandonato e lasciato finalmente andare.

Il futuro è la rimappatura del presente, è la riscrittura del nostro sapere da un nuovo punto zero, per eliminare ogni traccia degli errori e degli scempi accumulati finora. L'umanità ha sprecato troppo tempo cercando di correggere un aspetto di se stessa alla volta.

Abbiamo fallito. E il fallimento non è di qualcun altro, ma nostro.

Nell'ultimo periodo, prima della manifestazione, sono stata contattata numerose volte da Giuliano, che mi spronava ad abbandonare la lotta e a seguirlo per unirmi al tavolo delle trattative, che avrebbe permesso di portare HMD a un nuovo livello di presenza e raffinatezza. Sono stati numerosi i nostri incontri e sono stati proprio questi a condurmi dove mi trovo ora, a questo rinnovato livello di coscienza.

Ho conosciuto Christian Shepard, non il nemico ma l'uomo, e ho deciso di rimanere al suo fianco. Ora so cosa significa "migliorare", cosa significa lottare nel presente ed estendere questo significato a tutto ciò che riguarda l'umanità.

I metodi con cui ci siamo sempre scagliati contro le ingiustizie, o presunte tali, nel corso degli anni sono stati fallimentari, ed è la riprova che non può esistere una forza schiacciante tra bene e male, perché nessuno dei due sopravvivrebbe senza l'altro: sono entrambi troppo radicati nella natura umana.

Avrei voluto parlarti di questi miei pensieri, avrei voluto portarti con me, avrei voluto che anche tu potessi aprire gli occhi. Non ho avuto il coraggio, non ho avuto la forza, non ho avuto sufficiente amore per chiederti di seguirmi, di condividere anche questa svolta. Ho deciso che non potevamo fare questo passo insieme perché la paura era troppo grande, non avrei mai potuto obbligarti a lasciare i tuoi sogni e ricominciare altrove, al servizio di ciò che hai sempre ripudiato.

Sei la persona migliore che io abbia mai conosciuto, Zeno. Sei la persona che mi ha aiutato ad arrivare fino a questo punto e che mi ha aiutata a liberarmi definitivamente. Te ne sarò grata per sempre.

Non cercarmi, non mi troverai.

Eleonora

68

Nebbia (ancora)

Bologna

«Ooh finalmente, vaffanculo!»

«Ma infatti, dimmi te se devo cercare una del genere... Ma poi cazzo scegli per me, almeno parlamene, no?! Dico, stiamo insieme, viviamo insieme, a momenti caghiamo insieme, parlamene! Parlarmi di cosa, poi? Questa se n'è andata col nemico, ha seguito il suo amico Savataferle di merda e mi ha mollato qui come un coglione! Perché sono il più coglione di tutti, sant'iddio, come al solito sono un coglione!»

«Dài, Zeno...»

«Il. Più. Coglione. E adesso? E adesso cosa me ne faccio di una mail? Cosa me ne faccio della scrivania Ikea? Cosa me ne faccio del bellissimo lavandino Franke, del tostapane, della moka, delle sedie color pastello, cosa me ne faccio dei quadri con le foto, dei quadri che sono solo quadri, dell'appendiabiti, cosa me ne faccio del pavimento, dei muri, del soffitto, della porta, cosa me ne faccio di me eh?! COSA CAZZO ME NE FACCIO DI ME ADESSO CHE SE N'È ANDATA?»

«Beviamo qualcosa?»

«Ma poi, anche se ci fosse... Anche se mi avesse detto: "Zeno, passiamo dall'altra parte della barricata. Ti va?". Cosa le avrei detto? "Massì Ele, ti seguirò sempre come un cagnolino affettuoso"? O avrei dato di matto come sto facendo adesso? Sarebbe cambiato qualcosa nella nostra storia? Non sarebbe stato meglio rimanere dalla stessa parte tutt'e due? Non era meglio perdere assieme? Sì, sarebbe stato triste, ma almeno saremmo stati assieme, non sarei stato solo io a fare, come al solito, la figura del coglione.»

«Sangiovese?»

«Adesso che cosa faccio? Io non lo so mica cosa devo fare adesso.»

«Luca, una boccia e due bicchieri.»

69

Pubblicità!

Amici ma soprattutto amiche, come avrete notato a questo punto della storia molti dei nostri protagonisti sono ancora in vita. Spero che la cosa non vi dispiaccia, tuttavia spero anche che non vi siate affezionati troppo ai superstiti di quest'avventura, perché a breve finirà.

In questa interruzione promozionale avrei voluto consigliarvi un rimedio contro il male di vivere, ma me lo sono dimenticato. Avrei voluto altresì dilungarmi un attimo sull'origine del tutto, sul significato che diamo alle persone e alle cose, sul processo ermeneutico e altri argomenti. Ho valutato però che questi temi potrebbero rivelarsi troppo accademici per un romanzo d'avventura come questo. Ho pensato allora di limitarmi a rompervi le palle per l'ultima volta e spero vivamente di esserci riuscito.

Buona fine.

70

Un nuovo inizio

Via San Rocco, Bologna

«Michelle?»
«Sì, chi è?»
«Sono Zeno.»
«Oh ciao! Mi sa che non ho salvato il tuo numero. Mi dispiace per quello che è successo, me ne ha parlato Genio.»
«Sì, grazie... Scusa se ti disturbo ma credo di aver bisogno di parlarti. Sei a Bologna?»
«Sì, per un po' resterò da queste parti. Di cosa vuoi parlarmi?»
«Di tutto, Michelle, di tutto quello che non hai scritto nel reportage.»
«Zeno, non credo che ti faccia bene rivangare tutta quella merda...»
«Devo capire perché, devo scrivere. Ti va di passare di qua per un caffè nel pomeriggio?»
«Mmh. Va bene. In via San Rocco giusto?»
«...»
«Pronto? Zeno?»
«Eh? Ah, sì, giusto, quando vuoi, ciao.»

La casa di Zeno ed Eleonora è ora solo casa di Zeno e tracce evidenti di abbandono iniziano a emergere un po' ovunque. Dinofava riposa nel suo angolino preferito, sotto al tavolo della cucina, e sembra non sentire la mancanza della sua ex padrona. Il quasi-giovane ragazzo, scrittore fino a prova contraria, è invece momentaneamente dubbioso sull'opportunità di accogliere Michelle in una casa in quelle condizioni. Decide allora di occupare il tempo, altrimenti dedito alla depressione più totale, facendo delle sacrosante pulizie. Ha un metodo infallibile.

«Pronto ma'?»

«Zeno, dimmi a mamma.»

«Ti va a te e al babbo di passare per pranzo?»

«Ma scusa, vieni tu qua che ti faccio le tagliatelle.»

«No, è che non sto molto bene.»

«Oh povero. Arriviamo!»

Fatta. Il pranzo fila via liscio, i genitori non sembrano essere in apprensione per lo stato di abbandono del figlio, o forse cercano di non darlo a vedere per evitare di peggiorare la situazione. Solo babbo Ermanno, tra una fetta di pizza d'asporto e l'altra, si lascia scappare una sentenza tipica da maschio vissuto: «Quando una donna ti abbandona, non importa quanto fosse bella e intelligente, o quanto ti facesse avere stima di te stesso. Penserai sempre di lei che è una stronza e di te che sei un coglione. Ma non è mica vera, nessuna delle due cose».

«Dài Ermanno, smettila di dire cavolate. Senti Zeno, lo so che a te poi ti dispiace ma io non ce la faccio a vederti vivere così, adesso do una bella pulita a questa casa.»

«Ma no, dài mamma, non importa.»

«Ah, sì sì invece.»

Il provvidenziale e del tutto casuale intervento materno ha reso l'appartamento presentabile per l'arrivo di Michelle, che appena varcata la soglia esclama: «Ah però, che casa ordinata e pulita, mi aspettavo di trovarti un po' più nella merda».

Zeno evita di svelare la vergogna e si limita a domandare: «Tè o caffè?».

«Un tè lo prendo volentieri, grazie.»

All'improvviso, mentre ancora armeggia con il bollitore, Zeno si lancia nel vivo della discussione, impaziente di distruggere il dubbio che lo sta logorando da qualche settimana. «Scusa se ti ho disturbato, ma devi dirmi tutto quello che sai.»

Michelle è leggermente sorpresa, ma è anche subito pronta ad aiutare.

«Certo, ma ti chiedo di non pensare da uomo tradito: pensala da giornalista, cerca di essere professionale e viverla con distacco. È difficile, se non impossibile, lo so, ma in fondo è il nostro mestiere e dobbiamo cercare di farlo meglio che possiamo. O no?»

«Ok.»

«Allora, Shepard è un figlio di puttana megalomane.»

«Ah ah ah, alla faccia della professionalità, Mimì!»

«Be', almeno hai riso un po'.»

Michelle inizia così a raccontare la sua storia, dagli appostamenti fuori dal palazzone di vetro della Nothing alle serate passate al bar con il Generale.

«Arnaud sembrava essere nel posto sbagliato, aveva un conflitto interiore che lo logorava. Non sono mai riuscita ad approfondire il suo passato. Era nell'esercito e a quanto pare si era congedato dopo aver salvato numerose vite in uno scontro a fuoco in Nigeria a metà degli anni Novanta. Poi l'incontro con Shepard, il Dottor Negroponte e l'inizio del progetto HMD. Era gentile con me, poi sai com'è finita.»

«Si è ammazzato.»

«Questo è quello che dicono e per carità, potrebbe essere vero. Forse era troppo sensibile per reggere quell'ambiente di pescecani, in primis Shepard, con cui ha sempre avuto un rapporto turbolento. Quello stronzo.» Michelle prende una pausa distogliendo lo sguardo e volgendolo fuori dalla finestra. Due lunghi sospiri colgono Zeno di sorpresa.

«Gli volevi bene?»

«No.»

«I dati segreti di HMD li hai ottenuti da lui vero?»

«Sì.»

«E come hai...»

«Abbiamo scopato. Poi, poco dopo l'uscita del reportage, s'è ammazzato.»

«Ah. Scusami.»

Il volto della giornalista cambia colore e arrossandosi lascia trasparire emozioni contrastanti. I suoi occhi diventati lucidi e il silenzio piombato nell'appartamento colpiscono anche il precario equilibrio psichico di Zeno, che, sommessamente, inizia a piangere.

Dopo pochi secondi, l'unico rumore presente nell'aria sono i ritmici singhiozzi dei due giovani.

Per necessità più che per volontà, ora, si stanno abbracciando.

71
Hotline

Bologna

Cos'è questa suoneria?

Genio guarda il suo smartphone e lo vede immobile e muto, non capisce. Il forno è spento, al citofono non c'è nessuno, la sveglia semplicemente non esiste. Eppure continua. Si affaccia alla finestra e il suono si fa più debole. È in casa dunque, ma cos'è?

Il telefono fisso.

Il telefono fisso!

Il telefono fisso?

Genio è stupito dalla presenza di quella tecnologia novecentesca all'interno della casa nuova, che abita da poco meno di un mese. Prende in mano il cordless e osserva lo schermino giallo con la scritta: "Numero sconosciuto" impressa a lettere digitali. Decide di rispondere in virtù del fatto che oggi, pensa, le ha già viste tutte.

«Pronto?» fa schiarendosi la voce.

«Eugenio?»

Una voce femminile, conosciuta. Le sinapsi corrono velocissime a cercare la connessione audio-video del suo cervello mentre automaticamente risponde: «Sì, ma chi è?».

«Sono Eleonora.»

Nell'esatto istante in cui sente quel nome, nella testa del quasi-giovane autista si compie un'esplosione di emozioni e ricordi, insieme a un unico sentimento: semplice e profondo odio.

«Puttana zoccola!»

«Precisamente.»

«Che cazzo vuoi? Come ti permetti di chiamarmi? Come cavolo hai fatto ad avere 'sto numero che manco sapevo di avere un telefono fisso? Ma non ti vergogni neanche un po' a essere quello che sei?»

«Genio, ti prego, ascoltami.»

«Ma col cazzo! Dimmi dove sei che ti mando a prendere da una squadra di miei amici zingari. Non so se ti rendi conto di quello che hai fatto, non tanto a me che sono una roccia e sinceramente mi sei sempre stata sul cazzo, ma al mio miglior amico che sta ancora da schifo, sta proprio una merda. Non esce più, sta in casa a fumarsi le canne e scrivere delle robe che manco Giacomo Leopardi. O Luigi Tenco. Gente morta, comunque. E tu dopo mesi, dopo averlo mollato con una mail del cazzo, perché l'ho letta, la tua mail del cazzo, dove credi di giustificarti come se fossi una cazzo di celebrità del progressismo spinto, mentre invece cerchi solo uno stratagemma per non sentirti la merda che sei... mi telefoni a casa, a me, al suo migliore amico che manco sapeva di avere un telefono fisso, per dire cosa, eh? Sentiamo. Visto che vuoi che ti ascolti. Ecco, sentiamo, bottanazza industriale.»

«Ho sbagliato a chiamare te, ma mettiti nei miei panni... Volevo sapere come sta Zeno e volevo fargli sapere che io sto bene. Penso che, nonostante tutto, un po' ancora gli interessi saperlo. Ma non potevo certo chiamarlo, non dopo quello che ho fatto.»

«Te l'ho detto, sta di merda. Contenta? Di come stai tu non gliene fotte una sega, te lo posso assicurare. Se ti disprezza anche solo l'un per cento di quanto stai sul cazzo a me, fidati che non gli importa più niente. Mi vuoi dire come cazzo hai fatto ad avere questo numero e sapere dove cazzo vivo? Sono qui da venti giorni e non ho nemmeno ancora il contratto. Ah già! Sei nel sistema adesso! Sai tutto di tutti, eh? Allora che cazzo di bisogno c'è di chiamarmi per sapere come sta Zeno? Stalkeralo un po' con HMD e scopri tutto quello che c'è da scoprire.»

«Genio, aspetta! Purtroppo devo prendermi la responsabilità delle scelte che ho fatto, ne sono consapevole, ma anche se le persone cambiano, alcuni sentimenti restano. E io vorrei che tu gli dicessi che io sto bene, che lo penso, anche se ora con la testa, con il corpo e con il cuore, sono da un'altra parte.»

«Non gli dico un cazzo, chiamalo tu.»

«Non posso, non ci riesco.»

«No, infatti, lascia perdere e vaffanculo.»

«Ti prego.»

«Vai. A. Fare. In. Culo.»

Genio schiaccia il pulsante di gomma rosso e lancia il cordless sul tavolo della cucina ricoperto di bicchieri sporchi e buste di tabacco vuote. Resta per qualche minuto in piedi a pensare, respirando in modo irregolare e in attesa di non si sa quale svolta.

Il telefono squilla di nuovo.

Rabbiosamente lo afferra e risponde: «Forse non sono stato chiaro: vai a farti fottere, te e quel coglione megalomane del tuo padrone».

«Ehm... scusi, sono Annalisa di Fastweb, volevo proporle il nostro nuovo piano convenienza Internet telefono TV lavastoviglie aspirapolvere bibbia.»

«Ciao Annalisa, vaffanculo anche a te.»

Il telefono plana di nuovo sul tavolo facendo cadere un bicchiere, che miracolosamente non si rompe. Genio, tormentato dall'incompiutezza del gesto, lo raccoglie dal pavimento e fa come per scaraventarlo contro il muro, ma quando sente la porta di casa aprirsi alle sue spalle si blocca. Dalla porta entra un giovane con i rasta e una busta della spesa.

«E tu chi cazzo sei?»

«Il tuo coinquilino, abito qua, ho le chiavi.»

«Ah.»

«Già.»

«Tu sapevi che avevamo un telefono fisso?»

72

E domani sarà festa anche senza motivo

Bologna

Dinofava cresce a vista d'occhio. Così come la depressione di Zeno, che ormai condivide quell'appartamento in via San Rocco con il solo canide e con l'angoscia di trovare nuovi inquilini che gli permettano di andarsene una volta per tutte. Svegliarsi a mezzogiorno è diventata la regola, così come vivere di pizza da asporto e scarsa igiene. L'unica attività che riesce a mantenerlo in vita con un vago senso di lucidità è la scrittura, depressa anch'essa, come un materassino da mare sgonfissimo, ma con quel filo d'aria necessario a rimanere sul pelo dell'acqua in un oceano di merda.

Frontex e HMD procedono a braccetto nella selezione non più naturale di chi vive e di chi muore e si è creata una divisione netta tra chi appoggia il risolutivo metodo tecnocratico e il movimento internazionale per i diritti virtuali. Zeno, però, ultimamente scrive di cose intime, metafisiche, robe di droghe e pessimismo, solitudine, sembra l'ultimo disco de I Cani. La direzione di «Internazionale» non sembra molto interessata a questo tipo di scritti, che quindi finiscono in esclusiva sul suo blog.

Individuare l'errore è diventato lo scopo di ogni giornata. Perché ci sarà stato un errore, qualcosa Zeno dovrà aver sbagliato: se fosse stato perfetto Eleonora sarebbe ancora lì con lui, in quella casa.

Squilla il telefono, è Michelle.

«Ciao, Mimì.»

«Zeno, alza il culo ed esci di casa. Mi hanno offerto un corso alla scuola di giornalismo e vorrei che i miei amici, ovvero te e quell'altro scoppiato, brindassero con me.»

«Ma non so...»

«Sono qua sotto, muoviti.»

Zeno, all'improvviso, pensa sorprendentemente e senza motivo che quella è l'occasione della vita per uscire dalla sua depressione, non può lasciarsela scappare. Si lava le ascelle e i denti, si toglie il pigiama e s'infila la prima cosa comoda che trova, si sistema i capelli piuttosto male con le mani, un'ultima occhiata allo specchio e un leggero sorriso.

Dite che è impossibile? Siete mai stati depressi? Ne siete mai usciti? Ah, quindi sapete perfettamente come funziona. Bravi voi.

Michelle indossa un vestitino blu e il suo corpo minuto sembra una trottolina mentre si avvicina a Zeno per baciarlo sulle guance. Il suo sorriso radioso lo contagia immediatamente mentre avverte un guaito provenire dal terrazzo.

«È Dinofava questo?»

«Si dovrà abituare a stare da solo. Dove andiamo?»

«Boh, birretta a zonzo? Ormai è primavera!»

«Ci sto. Ma Genio?»

«Stacca più tardi, ci raggiungerà.»

Allam sorride mentre si fa pagare 4 euro per due birrette; poi i due s'incamminano per via del Pratello con la non dichiarata meta di piazza San Francesco.

«Quindi scuola di giornalismo?»

«Sì, corso di Teoria e tecnica dei nuovi media. Ci sono anche studenti di Lettere e Comunicazione.»

«Apperò! Così hai un motivo in più per rimanere qua.»

«Ormai avevo già deciso. Ho lasciato per la strada tanti amici in passato. Ho girato il mondo e continuerò a farlo, ma qui sto veramente bene. Poi ci sei tu. Cioè, ci siete voi.»

Quel "poi ci sei tu", sfuggito dalle sottili labbra di Mimì, non è invece sfuggito all'attenzione di Zeno, che d'improvviso sente muoversi qualcosa dentro di sé, all'altezza dell'addome. I due proseguono in silenzio, guardando dritto, si siedono poi con le gambe incrociate sul ciottolato al centro della piazza. Passano forse due minuti, poi è Zeno a riprendere: «Scusa se te lo chiedo, Mimì, ma poi dopo quella volta, tu e Genio...».

«Ma niente, non è successo niente, anche se lui ha iniziato a comportarsi in modo strano.»

«Sì, l'ho notato anch'io.»

«Ma che ne so, quello è fatto così.»

«Già.»

Attorno a loro iniziano a crearsi vari capannelli di giovani e meno giovani. Come usanza vuole con il ritorno della bella stagione, le piazze si ripopolano e la tradizione impone birretta d'ordinanza e balotta a oltranza, anche per chi non è più così giovane o così studente.

Zeno non la pensa così e la malinconia lo aggredisce

di nuovo. «Ormai son vecchio per stare in piazza San Francesco, adesso tiran fuori le chitarre e i bonghi e io mi metto a piangere.»

«Abbiamo trent'anni tutti quanti, chi ne ha ventotto e chi ne ha trentaquattro. Vogliamo cazzeggiare per una vita tutto il tempo della giornata? A me fare l'adolescente non piaceva ai tempi, volevo essere più grande per fare di più. Ora che faccio poco di più, cosa devo fare? Mi devo sentire vecchia? Cos'è, un film di Accorsi? Un libro di Fabio Volo? Una canzone degli 883?»

È in quel momento che Zeno realizza il tratto comune tra Eugenio e Michelle, per molti aspetti diversissimi e a tratti opposti, ma con la stessa sfacciataggine e disincanto verso il mondo. Potrebbero essere fatti per stare insieme e invece, forse proprio per questo carattere comune, resteranno per sempre buoni amici e nulla più. Questo pensiero sprofonda Zeno ancora un po' più giù. «Michelle, io son contento per te, ma sto proprio di merda, mi sento vuoto. Pensa che in questo momento sto pensando che non capisco perché ti vada di passare del tempo con me. Sono mesi che il mio tempo lo perdo in casa a fumare porre e scrivere robe depressissime, e "Internazionale", ovviamente, non me ne pubblica neanche una.»

«E la madonna! Guarda che io ti voglio bene eh! E anche Genio e anche Dinofava. Hai bisogno che ti dica che siamo amici e potrai sempre contare su di me? Queste frasi fanno un po' paura e poi divento fatalista. Perciò alza metaforicamente il culo e fai quello che ti fa stare bene. Scrivi la nuova *Divina commedia*, sfondati le orecchie di musica, le gambe al calcetto o il cazzo scopando, non mi importa. Però so che i mezzi per riuscirci bene da solo ce li hai. Dimostratelo.»

«E pensare che eravamo usciti per festeggiare il tuo nuovo lavoro e ora ci ritroviamo a una seduta di psicanalisi per parlare dei miei problemi.»

«Non me ne sbatte niente, Zeno, prendiamo un'altra birra e aspettiamo Genio parlando di tutto quello di cui ci va. Oggi è festa per me ed è festa per te. Poi domani si vedrà.»

«E domani sarà festa anche senza motivo.»

«Bravo.»

73

Quasi quasi liberi

Bologna

Sono passati sei mesi da Vevey, e Bologna è sempre una pigra quasi-metropoli di provincia con i suoi problemi e le sue peculiarità. Tipo: trovare una casa a buon mercato è impossibile a meno che non ci si accontenti di vivere da universitari tutta la vita. Infatti ora anche Genio si è trasferito e condivide un trilocale in Bolognina con un paio di studenti di Scienze politiche. Potrebbero essere simpatici, ma non li vede mai. Va detto che Genio non passa troppo tempo in casa: dormire ogni tanto, mangiare rarissime volte.

Oggi alle 10 è ancora sprofondato nel sonno, quando sente suonare il citofono: fottuti giovani venditori di aspirapolvere, cosa volete dalla non più giovane vita di Eugenio? Per eredità culturale e buona volontà, Genio si alza barcollante dal materasso e si prodiga in una risposta.

«Sì?»

«Digos!»

«Zeno, che cazzo vuoi, l'ho presa troppo grossa ieri sera, sali.»

L'ultima volta era stato Genio a usare il citofono per comunicare il bisogno di vedersi e raccontarsi qualcosa. Qualcosa di grosso. Genio pensa allora di tornare a sdraiarsi sul letto e riposare un altro po' le membra ancora intorpidite dalla botta.

«Genio, dove cazzo sei?»

«A letto, vecchio!»

Zeno varca la soglia della camera e vede l'amico ancora mezzo addormentato sotto le coperte. «Ti devo dire una cosa importante.»

«Immaginavo, sei venuto qui senza avvisarmi e hai citofonato. Una cosa da inizio anni Novanta, per forza dev'essere importante.»

Zeno si siede ai piedi del letto e appoggia la sua mano sinistra sul fianco dell'amico.

«Oddio che è successo? Luca ha chiuso il bar?»

«No. Sei pronto?»

«No.»

«Michelle è incinta.»

Genio sbarra gli occhi e si sveglia definitivamente, si tira su e appoggia la schiena al muro. La notizia è sconvolgente, è vero, ma si poteva benissimo aspettare la birretta delle 18 per comunicarla.

«Il papà sono io.»

Ecco, adesso ragioniamo.

«Be'. Wow. Cioè. Come è successo? Sei contento? Cioè, tu e Mimì vi frequentavate senza avermi detto un cazzo? Bravi! Balordi!»

«È da poco più di due mesi, in realtà. Non volevamo ferirti e non sapevamo bene come dirtelo. Poi è successo e ora mi sembrava proprio il caso di dirtelo.»

«Ah be', certo, ormai la frittata è fatta.»

«Non ci ho dormito stanotte pensando a te.»

«Se vabbe'. Comunque sono contento. Dico davvero. Soprattutto perché ho dimostrato per l'ennesima volta di avere ragione. E poi vi amo entrambi. E potrò sempre rinfacciarti di aver scopato tua moglie.»

«Grazie, Genio, gentilissimo.»

«Zeno, solo una cortesia.»

«Dimmi.»

«Metti su un caffè che c'ho troppa pigna.»

74

E allora stacca!

Bologna

«E quindi 'sta cosa che Michelle è incinta è la prova provata che anche tu scopi.»

«Ah perché prima mentivo?»

«Magari Eleonora ha coperto benissimo questo vostro segreto. Aveva un certo talento nel nascondere le cose...»

«Non fai ridere.»

«In effetti magari è una fecondazione in provetta, così non vi siete neanche sporcati.»

«Abbiamo finito?»

«Guarda, ho appena cominciato. Luca: un Fernet e Cola. Per te, paparino?»

«Fai due valà.»

«Due Fernet e Cola! Che grinta ancora a questa età!»

«Genio ma te sei sicuro di sentirti bene? Non è che ti sta sul cazzo questa cosa di Michelle?»

«State insieme? Siete felici? Dovrebbe darmi fastidio? Almeno non sta con un coglione qualsiasi, sta con un coglione che conosco benissimo e di cui ho fiducia. Poteva andare peggio.»

«Sicuro?»

«Massì, Zeno! Che sega che sei, se volevamo metterci assieme lo facevamo quella volta lì. E invece hai visto anche tu che non è successo, no? Le voglio troppo bene a Mimì per poterla desiderare come fidanzata, le voglio bene quasi come fosse me.»

«Vi somigliate, eh.»

«Io ho sicuramente delle forme più belle.»

«Non temere, che tra poco quella pancia verrà raggiunta...»

«Ahahah, lo speriamo tutti!»

«Viva!»

E brindisino.

«Zeno senti, ma te vuoi continuare a fare il giornalista?»

«Be', non sapendo fare un cazzo nella vita mi sembra un buon ripiego, no?»

«Stronzo io che te lo chiedo.»

«Perché me lo chiedi?»

«C'ho delle idee incredibili, uomo.»

«Vai dimmele, uomo.»

«Allora in pratica l'idea è una sola però gigantesca e catastrofica allo stesso tempo. In pratica mio babbo è da un po' che non lavora più nella compagnia, no? Praticamente mi faccio tutto io e mentre fai tutto da solo sei orgoglioso, no?»

«Certo.»

«Ecco, però è anche faticoso no?»

«Certo.»

«E lo sai che ti danno sempre ragione le persone che non ti ascoltano?»

«Ti sto ascoltando, Genio! Che lamento quando fai così.»

«Vabbe' non divaghiamo.»

«Ma sei tu!»

«Stai buono, Zeno, che poi mi perdo. In pratica l'idea è questa: vendo tutto e vado via.»

«...»

«...»

«Ma sei sicuro? Dove vai?»

«In giro. Due spicci li ho messi da parte, mi prendo un camper di quelli nuovi ma non troppo, confortevole ma non di lusso, una cosa con il passo corto e le ruote tassellate, gli faccio due lavori e via.»

«Via?»

«Zeno?»

«Eh.»

«Tutto bene?»

«Sì, cioè no. Ci penso.»

«Bravo pensaci. Io domani vado a mettere un po' di annunci per cessione attività e mi informo su come liquidare la cosa nel caso. Salute!»

Nella testa di Zeno il nulla. L'horror vacui di non aver una soluzione a questa cosa.

Diventare padre.

Genio che se ne va.

«Luca, te resti?»

«Zeno, non mi provocare!»

«Oh, ma siete tutti scemi?»

TERZA PARTE

75

Rassegna stampa, qualche anno dopo

“HMD: i numeri di un fallimento.”

“Immigrazione: sono oltre quattromila i morti in mare nel 2019, e il dato è in costante crescita.”

“Continuano le guerriglie di frontiera per accaparrarsi una nuova identità digitale. Fabien Diawara, leader di No-HMD: ‘Un tempo eravamo tutti clandestini, ora ci ammazziamo tra di noi per un account’.”

“La commissione europea sospende la collaborazione con Frontex, il portavoce: ‘L’Europa unita è più sicura grazie a HMD, su di noi solo fango mediatico’.”

“Shepard: ‘Evidentemente non siamo ancora pronti per il futuro, ma non dobbiamo arrenderci ai conservatori e ai benpensanti’.”

“Christian Shepard e Eleonora Maggio, è vero amore? Le foto dallo yacht.”

“Sarà il Wigan Athletic a sfidare il Bologna nell’attesissima finale di Champions League.”

“Scienza: scoperto legame genetico tra il fagiano e la soia. Una nuova frontiera per il veganesimo?”

76

L'incoscienza di Zeno
Sempre dalla stessa parte

Dalla prima volta che le mie parole sono finite stampate sulla carta di questa rivista sono passati diversi anni. Erano i giorni precedenti alla grande manifestazione di Vevey e, guarda caso, scrivevo di Shepard e HMD. Senza dubbio quelli furono i giorni di una sconfitta, e non parlo solo del movimento: anche a livello personale la mia vita subì un duro colpo, come molti di voi avranno saputo. Il peso di un tradimento globale, il massacro delle nostre speranze, l'ennesima presa per il culo di quel sistema vecchio e decadente, quel sistema che con la furbizia e l'esperienza riesce sempre a uscirne vincitore.

Abbiamo imparato a convivere con questa sconfitta, come molte volte conviviamo con le piccole sconfitte della nostra piccola vita. Eppure siamo ancora qui, anni dopo, per provare a cambiare ogni piccolo giorno che abbiamo davanti, per farlo diventare un grande giorno, per far succedere qualcosa. In fondo, anche noi siamo parte di quel qualcosa che i più ottimisti chiamano progresso.

E voi, vincete tutte le battaglie che volete, vecchi reazionari annoiati, continuate a divorarvi di potere, continuate a mangiarvi gli anni di vita che rimangono credendo di essere i più forti, i più furbi, i più buoni. Investitevi di tutte le responsabilità, qualcuno dovrà pur farlo, e uccidetevi piano piano di formalità e possesso, scioglietevi lentamente al sole del benessere per pochi, grattugiatevi i gomiti sulle scrivanie e le dita sulle tastiere, le narici in fiamme tra le parole al vento dei vostri accordi economici. Abbiamo perso quella volta e perderemo ancora, ma se non avessimo provato a giocarcela, questa partita non sarebbe nemmeno mai esistita e saremmo tutti morti da un pezzo. Morti come siete voi, come lo sono, per colpa vostra, i milioni di persone annegate nel nostro mare, nel mare di tutti.

Noi, invece, ce la giochiamo, consapevoli di stare dalla parte di chi sempre viene sconfitto e sempre si rialzerà, nell'eterna lotta tra chi vuole vivere di vita e chi vive di potere. Tra chi si muove e chi sta fermo.

Oggi godiamo di una rivincita amara: avevamo ragione, sì, ma non è servita a niente. Non è servita a impedirvi di ammazzare gente e fare soldi sui cadaveri, non è servita a smascherare le vostre reali intenzioni. Si dà la colpa all'invasore anche se muore. Christian Shepard invece è vivo e lotta insieme a noi, si fa fotografare dai paparazzi mentre prende il sole sulla sua nave immersa in quello stesso mare, in compagnia di una non più giovanissima donna di cui preferirei non parlare. Mai più.

Shepard è l'emblema di una società rovinata dall'ambizione di arrivare, dal potere, dal denaro, dal controllo come fine ultimo e dall'arroganza di sapere cosa è giusto e sbagliato per tutti. Oggi l'Europa ha detto basta a un progetto che da anni non stava facendo altro che accentuare le disuguaglianze che voleva prevenire. I clandestini digitali altro non sono, infatti, che i figli schiavi e rinnegati di questa nostra società, dove i padri padroni si godono il successo delle loro idee e lasciano a tutti gli altri il peso delle conseguenze.

E invece noi restiamo ancora qui, ad aspettare la prossima sconfitta, con il tempo dalla nostra parte, la storia, che è implacabile, e tutte le nostre, sopravvissute ed eterne, speranze.

77

Il testamento del Dottore

Vevey

Tic tac.

Tic tac.

Pochi attimi di pensiero e lo sguardo verso il quadrante di quell'orologio da tavolo. Poco accanto un «Le Monde» di qualche settimana prima ancora piegato e mai letto, si intravede solo il titolo: "La Commissione europea sospende la sperimentazione di HMD".

Un orologio a lancette e un giornale di carta, strascichi di esistenza del Novecento. Il Dottore recupera la sua efficienza con la consueta maestria della sua ossessione. In un angolo di quello stanzone si staglia un imponente muro di cartoni da pizza vuoti: monumento alla sua permanenza nel laboratorio. C'è un forte odore acido, l'aria pesante e carica di anidride carbonica; una puzza che farebbe vomitare chiunque, ma il Dottore non sembra farci caso. È come se lui non respirasse affatto, quell'odore lui non lo sente e quindi è come se non esistesse, come quel famoso albero che cade in una foresta dove nessuno può sentirlo.

Le dita nodose e le unghie nere si muovono ancora velocemente su quella tastiera senza più lettere e simboli, tra capelli bianchi caduti, briciole e piccoli moscerini che si arrampicano sui tasti cercando di evitare di venire schiacciati. Manca poco, così come poco è il tempo che gli rimane da vivere in questo mondo. Qualche riga di codice, lettere, numeri, caratteri. Lo schermo sudicio.

La sua sparuta capigliatura color panna sporca protegge il suo più grande affetto: la sua mente. La connessione tra la materia grigia del Dottor William Negroponte e i solid-state drive della sua creazione è un ponte aureo, una rete wireless di dati funzionali a un unico scopo: il suo scopo. Aveva deciso ormai decenni prima di dedicarsi anima e corpo a quello, ma lo aveva deciso quasi automaticamente, senza passione. La sua era stata una scelta logica. Com'è logico che ora, dopo venticinque anni passati in quel laboratorio, il suo cervello sia diventato parte integrante della sua creatura. Logico è che il suo movente sia ormai disperso da tempo nelle pieghe di un racconto di facciata scritto da qualcun altro. È logico, nondimeno, che nessuno, in futuro, potrà mai capire quello che lui ha fatto. Non era stato in grado di spiegarlo neppure a chi gli era stato vicino: nemmeno al Generale, nemmeno a Shepard.

Ma perché stava facendo quello che stava facendo? È solo adesso che il Dottor William Negroponte, a pochi attimi dalla sua dipartita, si pone questa semplice domanda. Solleva le mani dalla tastiera e se le porta al volto cercando di riconoscersi. C'è da dire che non si riconosce da tempo, ha dedicato ogni energia a tenere quella protesi della sua mente, la sua creatura, al riparo da tutti i possibili attacchi di terroristi e semplici malintenzionati.

Anni addietro, Arnaud aveva deciso di farla finita. Non aveva capito, non era come lui. Invece Christian Shepard, il Capo, lo aveva capito. Oppure no? Sono passati mesi dall'ultima volta che si è fatto vedere nel laboratorio. Forse anni.

Il Dottore capisce che questo è l'ultimo momento buono per dare un senso. Prende una Bic blu e un foglio di carta, come si faceva nel Novecento. E scrive.

> HMD per me non ha mai significato Human Media Development. HMD per me ha sempre significato Human Memory Disk. Io sono il creatore, io decido il suo nome e il suo utilizzo.
>
> Il progetto a cui ho iniziato a lavorare nel 1995 ha come fine il poter avvicinare l'umanità alla salvezza: non è uno strumento, ma il fine stesso. Oggi ho portato a termine il mio lavoro, oggi il progetto non è più un progetto. Oggi esiste una nuova vita che potrà perdurare e proliferare negli anni a venire. HMD è una nuova umanità, costruita con i ricordi e i pensieri dell'umanità precedente, ma senza errori.
>
> Oggi, adesso, ricordo il motivo per cui ho iniziato, dopo anni passati a vivere come in trance. Ho capito che non ce l'avremmo fatta, noi come umanità, a sopravvivere per sempre. «L'odio, il disprezzo e lo sfruttamento illimitato delle risorse sono i mali che ci porteranno alla fine di tutto.» Me lo disse un giovane Christian Shepard, venticinque anni fa. Si stava prendendo gioco di me, gli servivo per ottenere quello che poi è riuscito a ottenere:

il controllo. Ma HMD non è il controllo di quello che esiste, HMD è il nuovo esistente.
Scrivo queste parole su un foglio di carta, mentre sullo schermo fisso l'avanzamento di un upload che segnerà la fine di tutto e l'inizio di un nuovo tutto, per lasciare una piccola eredità, un piccolo ricordo. Il denaro, il potere, il desiderio di possesso e tutti i nostri miti costruiti sull'ignoranza di non sapere da dove veniamo e perché siamo qui, qual è il nostro scopo.
Tra pochi secondi dimenticheremo tutto, tra pochi secondi io sarò morto, e soffro perché sono l'unico a saperlo. Perché tra pochi secondi saremo tutti morti. HMD si prenderà cura del pianeta, sarà un'umanità migliore.
Sarete un'umanità migliore.
E ricordatevi di me perché io sono il vostro Dio.

Tic tac.
Tic tac.
10, 9, 8, 7...

78

Travolta da un insolito destino

Mar Egeo, Grecia

L'amore per principio, l'ordine per fondamento, il progresso per fine. Le onde sono placide e la notte è il silenzio di un cimitero di stelle, le tavole di legno del ponte di prua scricchiolano al passaggio dei mocassini di Archibald mentre i due amanti, schiene diritte, gomiti fuori dal tavolo e posate maneggiate con maestria, si nutrono di respiri allo iodio, tagliolini all'astice e bottiglie di Dom Ruinart.

Eleonora aveva abbandonato completamente la sua vita precedente per concedersi il lusso di una posizione privilegiata, non solo come compagna di Christian Shepard, ma anche come sua vice all'interno della rete costruita in quegli anni grazie alla Nothing. Avevano abbandonato Vevey in favore di un nomadismo di lusso dedicato agli affari: Londra, Parigi, New York, Montreal, Pechino, Hong Kong, Mosca, Istanbul, Kinshasa, Buenos Aires, Rio de Janeiro. Tutto il mondo era il loro tavolo da gioco ed Eleonora aveva avuto modo di dimostrare la sua innata attitudine alla leadership nella nuova veste di fidanzata dell'uomo più potente del mondo.

In questi anni aveva imparato molto, era forse la persona che più di tutti, dopo Shepard, sapeva di HMD. Questa loro dedizione aveva fatto sì che il lato umano della relazione non venisse mai davvero sondato: il loro era un amore d'intelligenze e di invidie.

«Sei preoccupato?»

«No, tu piuttosto?»

«Io lo sono sempre, Chris: nella mia testa c'è un'intera camera oscura dedicata all'ansia.» Il due alberi beccheggia sereno tra un'onda e l'altra mentre Eleonora non riesce a dissimulare i propri pensieri, facendo cadere rumorosamente la forchetta nel piatto. China la testa sbuffando, in un moto di stizza.

«Non dovresti essere così cinica con te stessa.»

«Ma smettila, è di questo che ti sei innamorato.»

«Credi di sapere tutto di me?»

«Non direi. Dopo questi anni non sono ancora riuscita a conoscere il *tuo* lato oscuro.»

«Ma come? Prima di innamorarti di me ti sei scontrata più volte con il mio "lato oscuro".»

«Non prendiamoci in giro, quello non era altro che un fantoccio pubblico costruito per farsi dare addosso da quelli come me: tanti poveri ingenui sognatori.»

«Mi fa sempre sorridere sentirti dire certe cose.»

«A me no. Archibald! Le sigarette, grazie.»

Il sorriso sornione di Shepard è come un sfida all'espressione corrucciata di Eleonora. Lei porta la sua Lucky Strike alle labbra e con una lunga boccata sospende il tempo per un attimo, il fumo forma un piccola nuvola che la brezza marina disperde lisciandola via.

«Quindi non credi che quello che stiamo affrontando sia un fallimento?» chiede, aspirando.

«Certo. L'ennesimo fallimento dell'umanità.»

«No, Chris, vedi, io penso che sia anche colpa nostra. Abbiamo avuto fretta, mentre avevamo tutta la vita davanti.»

«Il progresso non va aspettato, Eleonora. Va accettato e accolto, e noi non possiamo far altro che imparare a viverlo. Noi stiamo qui e ci guardiamo negli occhi sapendo di essere nel giusto e non credo ci sia bisogno di spiegarti adesso il mio pensiero, visto che è di questo che ti sei innamorata.»

Lo sguardo di lei si rivolge stizzito verso un immaginario orizzonte, le palpebre iniziano a batterle con frequenza e le labbra carnose si serrano per trattenere un impeto di rabbia. Il mare urla il proprio silenzio appena sotto la pelle delle sue tempie. È importante ragionare sempre in prospettiva, pensare al futuro, essere lungimiranti... ma alla fine sono gli attimi che determinano la vita.

«Io non credo di farcela.»

«Non dire cazzate, Eleanor. Abbiamo tutto quello che ci serve.»

«Non chiamarmi così. Abbiamo fallito, Chris. Non l'umanità ma noi, tu, HMD. Dovevamo salvare delle vite e invece guarda cosa è successo. E ora tutti ci inseguono per spalarci merda addosso mentre noi ci godiamo i soldi che abbiamo fatto ammazzando migliaia di persone.»

«Senza di me ne sarebbero morte molte di più. Senza contare che la Nothing ha speso molto di più di quanto abbia incassato dagli accordi, e questo lo sai bene anche tu. Smetti subito di usare questo tono con me. Sembri quel coglione del tuo ex.»

«Io non ce la faccio. Voglio andarmene.»

La voce spezzata e le lacrime calde sono la piccola e indifesa Eleonora che lei stessa ha sempre disprezzato e represso. Shepard inclina la testa e ridipinge quel suo mezzo sorriso di supponenza, poi si rivolge a lei con tono fermo e rassicurante.

«Sei sicura di volerlo?»

L'amore in principio, l'ordine come fondamento, il progresso per fine.

«Io ti amo, Chris, ma non ti conosco. Ci ho provato e non ci sono riuscita, non posso vivere con questi fantasmi.»

«Vai a riposare un po', non sai quello che dici.»

«No invece, sono lucidissima, so bene quello che sto dicendo. Non voglio più stare qui con te. Mi dispiace.»

Christian Shepard, quarantacinque anni, originario di Boston, Massachusetts, abbandona il suo sorrisino, raddrizza il capo e immobilizza le sue espressioni facciali in una maschera di apatia. Prende la bottiglia di champagne dal secchiello del ghiaccio e la avvicina al volto per leggerne l'etichetta. Poi si alza in piedi e muove due passi verso la prua della nave. Il legno scricchiola e le onde scoppiettano piano piano.

«Devi sapere una cosa, Eleanor. Il Dottore in questi anni ha continuato a lavorare in segreto a HMD, per ultimarlo. Crede che io non ne sappia niente, ma ovviamente non è così. Ne sono al corrente e non ho fatto nulla per fermarlo. E lo sai perché? Perché credo sia giusto. Il Dottore ha finalmente raggiunto l'obiettivo e adesso

HMD è pronto. È pronto per mettere fine a tutto e ricominciare di nuovo. Un nuovo inizio.»

«Ma di cosa stai parlando? Quale obiet...»

«Ssh ssh, silenzio. Parlo io. Tu non devi preoccupartene. Insomma, devo registrare un piccolo videomessaggio, che tra una settimana verrà trasmesso in tutto il mondo. Mi dispiace molto perché questi giorni avrei voluto passarli insieme a te, serenamente, in mezzo al mare. Avrei voluto che ci fossi anche tu nel videomessaggio, ecco, perché questa cosa l'abbiamo fatta insieme. Perché il nostro è vero amore e da questo amore nasce un ordine naturale delle cose che diventa, infine, progresso. Per questo, mia cara, non te ne puoi andare.»

Eleonora ha smesso di ascoltare l'ennesimo delirio di onnipotenza di Shepard, fuma nervosamente guardando il mare e il cielo stellato sulle loro teste. Ogni difesa distrutta dal completo senso di fallimento delle sue scelte.

La mano di Christian impugna la bottiglia dal collo e fende l'aria salmastra disegnando una mezzaluna che si infrange sulla nuca di Eleonora, senza che lei possa difendersi o reagire. Il suo corpo si abbandona privo di sensi sulle tavole di legno appena macchiate di rosso, mentre Christian continua a sferrare colpi sul volto sempre più tumefatto.

Ancora.

E ancora.

E ancora.

Le tavole sono ormai più rosse che bianche, la bellezza di Eleonora distrutta, la brezza salmastra si trasforma in vento, mentre la notte resta impassibile. Nel silenzio di un cimitero di stelle.

Christian Shepard, quarantacinque anni, originario di Boston, Massachusetts, chiude gli occhi, fa un respiro profondo. L'ultimo schianto su ciò che resta del volto di Eleonora distrugge la bottiglia. Con la sua consueta e confortevole eleganza si rivolge al suo maggiordomo.

«Archibald, per cortesia pulisci il ponte che si è versato del Dom Ruinart.»

79

Poteva capitare a te, poteva capitare a me

Bologna

«In Cina?»

«Cina sì, dice che si è innamorato della cultura cinese. Pare stia facendo un corso per imparare la lingua.»

«In Cina.»

«Certo, se vuoi imparare il cinese dove vai? In Venezuela?»

«Eh no. Certo.»

«E la ditta?»

«L'ha messa in pausa. Ogni tanto suo padre fa qualche turno: "Tanto di questi tempi che stai a spasso o che stai fermo non cambia niente". Ha detto così.»

«Pensa te...»

«Vabbe' oh, son scelte. Volete qualcosa da bere?»

«Allora, Luchino, per me un bicchiere di rosso in onore dei vecchi tempi.»

«Anche per me.»

«Brava Michelle! Ormai ti puoi candidare a sindaco per quanto sei diventata bolognese. Allora vi do una boccia e ne prendo un bicchiere anche io così brindiamo.»

«Fatta.»

Luca ha aperto un nuovo locale, un po' fighetto, un po' bistrot gourmet, in francese che fa figo anche se in realtà è un'osteria: dice che paga meno di affitto e che non deve chiamare l'idraulico una volta a settimana. Ma questo è quello che dice lui, in verità erano anni che parlava di stelle Michelin e pranzi da centinaia di euro. Fortunatamente non è questo il caso: 40 euro li spendi, ma se sei suo amico un po' di sconto te lo fa e puoi mandarlo serenamente a quel paese. Non è la stessa cosa, ma è sempre il ritrovo naturale per gli amici. Certo, dopo tutti questi anni non è che si esca più tanto spesso. Ognuno ha la propria vita, c'è chi si è messo a fare il contadino biologico, chi se ne va in Cina a imparare la lingua, chi semplicemente è scomparso come scompaiono le cose quando ti distrai. Nessuno recrimina niente a nessuno.

Questa sera Michelle celebra insieme a Zeno la fine dell'alleanza tra Frontex e HMD. L'aria, per quanto vivace, ha un fondo malinconico palpabile: è pur sempre grazie a questa brutta storia che si sono conosciuti, ed è paradossale l'affetto che si prova verso una nemesi quando questa ti ha permesso di incontrare e conoscere la persona che ami. Vale per Zeno, vale per Michelle. Vale anche per il piccolo Primo, di anni quattro, che in questo momento sta giocando tra le mura di casa De Marchi, insieme ai nonni Rosa ed Ermanno.

Michelle ci pensa ancora, ogni tanto, ai suoi fantasmi. Pensa ad Arnaud e alla fine che ha fatto, pensa che non riuscirà mai a perdonarsi del tutto, neanche per "il bene più grande" che ne è derivato. Pensa che la persona che l'ha coinvolta in tutto questo – che fatalmente ora è felicità – è stata non solo una sua amica, ma anche complice e compagna dell'uomo che adesso la stringe fra le sue braccia. Pensa a Eleonora, certo, ma ancor di più ci pensa Zeno.

Mentre lei e Shepard sono ormai dispersi in qualche azzurro mare a godersi il proprio fallimento, Zeno non può fare a meno di conservare in un angolo della sua memoria l'amore che ha provato per quella bellissima giovane donna, odiando quel ricordo e odiando lei. Ma non fino in fondo. Tutto va come deve andare, tutto torna in qualche maniera a uno zero logico.

Ancora una volta, anche da adulto, Zeno si ritrova ad architettare pensieri senza fondo e senza cima, mantenendo l'ingenuità tipica di chi crede nella bontà dell'animo umano. Eleonora lo ha amato, così come ha amato il movimento, così come ha tradito entrambi, infatuandosi del potere e di un uomo che poteva assicurarglielo. L'ha fatto con cattiveria? Forse no. Interesse? Probabilmente. Zeno avrebbe fatto lo stesso? Decisamente no. Adesso il nostro Zeno si ritrova con tutto il peso della sua storia addosso, il sorriso dolce di Michelle davanti a una bottiglia di Sangiovese e la piccola convinzione che sarebbe potuto andare tutto a puttane. Lo zero logico che ritorna sempre è crollato dal cielo come è crollata la sua vita cinque anni fa, obbligandolo a riscrivere molto di sé.

Ma ora gode di questo momento. Gode delle sue scelte e di quelle non fatte, fino in fondo, per la prima volta determinato e inattaccabile. Pensa a Primo e ai suoi capelli rossi, eredità della mamma, la sua bella mamma che non lo tradirà e che starà con lui per sempre. O almeno fin quando non finisce la bottiglia.

Peccato per Genio, che non c'è a godersi questo momento. Manderà una cartolina.

80

Maoming, sudest cinese

«Bello qua.»

«交通怎麼樣?*»

«Io mi chiamo Eugenio. Genio per gli amici. My name is Eugenio but everyone calls me Genio. Tu sei amico mio?»

«麵條或雞肉?***»

«Grande, allora io devo andare in centro, dove c'è il grande centro. Big center you know?»

«妓女?****»

«Esatto, ci arrivo a piedi?»

«藥品?*火箭筒?*****»

«Grande, ciao bello. Becchiamoci qualche volta per del vino di riso o quello che bevete qua insomma.»

«你他媽的白痴 *****»

«Sì, grande. Anche tu stammi bene. Stay good, for me.»

* Gradisce trasporto?; ** Spaghetti o pollo?; *** Puttane?; **** Droga? Bazooka?; ***** Vaffanculo idiota.

81

Vuoto orizzontale. Il messaggio di Shepard

Tutto finisce: non prima di quando sia necessario, non dopo aver compiuto ciò che la natura delle cose richiedeva. Voler vivere infinitamente, voler raggiungere l'impossibile, non farà di te una persona migliore. Non saranno altre nuove tecnologie a migliorare la qualità di una vita che ha già troppo. Lo sviluppo tecnologico ha saputo portare benefici solo in parte a chi per centinaia di anni ha reclamato dignità: colture intensive, allevamenti modificati, sfruttamento della terra, impoverimento delle risorse naturali esistenti, disboscamento. E nuove forme di schiavitù digitali.

I diritti degli esseri umani sono stati scambiati con il potere d'acquisto.

HMD ha descritto scientemente la traiettoria che l'umanità doveva intraprendere. Non è entrata mai in competizione con nessun Dio, non ha disposto dogmi: ha favorito la naturale volontà delle cose e le ha indirizzate verso il giusto. Ha accelerato.

L'idea di controllo non era un'idea di sovversione del potere preesistente, bensì l'unico metodo intangibile e indolore per esercitare il potere senza arrecare violenze a nessuno. Era l'unico modo per distruggere sistematicamente il dissenso senza che questo se ne accorgesse, l'unico modo per portare un potere ormai vecchio e in preda a una stasi metodologica verso il proprio futuro e verso il proprio disfacimento.

Per molti millenni l'umanità non ha avuto i mezzi né le capacità per agire direttamente e con accuratezza nella costruzione del domani. Siamo stati incapaci di prevedere cosa ogni nuova tecnologia avrebbe comportato, non solo in termini di benefici e conseguenze, ma anche in termini di struttura etica, personale e sociale. HMD ha avuto l'ambizione di mettere in campo questa possibilità in un momento in cui tutto era ormai fuori fuoco, in cui il futuro non era più pensabile se non in forma di armistizio con la natura.

HMD è riuscita a mettere in moto la macchina del futuro e, con lei, l'umanità intera ha saputo re-immaginare il domani.

HMD non è un luogo di risposte, ma un sistema di scelta senza più possibilità di errore, perché il suo presupposto è l'eliminazione della scelta stessa e delle paure a essa connesse. In qualche modo questo ha permesso a tutti, per un breve periodo, di vivere idealmente già il futuro grazie a un presente privo di pericoli e ansie.

La sperimentazione di HMD sui flussi migratori è stata la scintilla necessaria, la manovra d'accerchiamento, una tattica tutt'altro che disperata. È stata il magnete a cui nessuno poteva resistere, perché è stata una scelta inevitabile. Il fallimento di facciata degli ultimi tempi non è un fallimento per HMD. Anzi, è l'ultimo atto delle scelte inevitabili, della predestinazione, è l'ultimo passo verso la liberazione totale e finale di ogni singolo uomo sulla terra.

Lungo tutto il corso della storia non siamo stati capaci di rendere questo pianeta pacifico ed egualitario ed è solo con HMD che abbiamo raggiunto un grado di dignità mai toccato prima per la quasi totalità dei viventi. Solo quando è stato possibile indirizzare il potere, guidarlo, controllarlo e assoggettarlo scientificamente, l'umanità ha trovato una via per la pacificazione.

Ma la finitezza del tutto riguarda anche HMD. Ogni cosa è destinata a estinguersi e trasformarsi in altro, mutare, distruggersi per migliorare. Ancora oggi la scelta inevitabile e giusta per chiunque è presa grazie a HMD e quel che ne rimane, nella mia mente e in quella del Dottor Negroponte. HMD ha raggiunto il suo massimo obiettivo: ha donato parità ai nati tra i pari, mettendo tutti sotto le stesse regole, ogni respiro dentro lo stesso schema. Ha spinto la struttura al suo estremo. Accelerando un processo in corso da millenni, ha allontanato gli uomini dall'umanità stessa, per concedere loro il sogno della divinità, della perfezione, della giustizia.

Ci hanno insegnato che è dagli errori che bisogna imparare, ma mi sono persuaso che non sia sempre vero. In questo momento non abbiamo più errori da cui imparare, possiamo solo raccogliere dal nostro meglio per qualche altro minuto.

E dolcemente ricominciare.

... 6, 5, 4...

82

Non è la fine del mondo

Bologna

«Primo, vieni qui che mamma vuole fare una foto.»

Gli occhi sono gli stessi, padre e figlio. Meno male però che la testa è quella della mamma.

«Ma il mondo è pieno di foto, ci sono più foto e video che uomini.»

Un ragazzino terribilmente sveglio, probabilmente nato nel secolo sbagliato.

I colli bolognesi regalano un panorama di pace e calma a pochi passi dalla frenetica ma rassicurante vita cittadina. Maggio è pieno di odori intensi e un leggero vento tiepido li porta in giro senza affanno, restituendo un'immagine simile ai pensieri che affollano le menti degli uomini liberi.

Liberi come Michelle e Zeno sono adesso. Si tengono per mano mentre guardano il piccolo rincorrere una farfalla un po' gialla un po' rosa sul verde di quel prato in pendenza, da una parte il bosco e in cima il cielo blu, che sembra chiedere: "Perché non venite qui con me a volare un po'?".

La fotocamera è un piccolo drone robot di nome Osvald, volteggia sulle loro teste. La foto è in realtà una fedelissima riproduzione 3D del soggetto, alcuni bot riescono a stampare persino articolazioni e organi interni, per feticisti dell'anatomia. A volte la tecnologia va un po' oltre la semplice funzionalità. Ma si sa, è il mercato che lo chiede.

Il bimbetto non sembra intenzionato ad abbandonare la caccia.

La mamma sa come convincerlo.

«Dài che questa poi la regaliamo a zio Eugenio!»

Primo volta lo sguardo con un sorrisone e corre ad abbracciare mamma e papà. «Ma quando torna lo zio?»

«Presto.»

... 3, 2, 1.

Clic.

Bum.

Fine.

Ma mica per davvero, eh.

DT 0045304719
IL MOVIMENTO
■ FERMO
AA VV
RIZZOLI
RCS LIBRI

Questo volume è stato stampato presso
ELCOGRAF S.p.A. nel mese di maggio 2016
Stabilimento – Cles (TN)
Stampato in Italia